아들과 함께 걷는 길

이순원 장편소설

아들과 함께 걷는 길

실천문학사

차례

떠나기 전에
그날 우리 집 거실 풍경
9

길을 걸을 준비를 하며
금요일 밤 잠자리에서
12

한 굽이를 돌며
할아버지 댁은 어디 있나
15

두 굽이를 돌며
할아버지가 물려주시는 자리
20

셋, 네 굽이를 돌며
이 길은 누가 만들었나
28

다섯 굽이를 돌며
왜 대관령은 굽이를 셀 수가 없을까
37

여섯 굽이를 돌며
농사짓는 일을 깔보는 사람들
41

일곱 굽이를 돌며
50가지의 풀이름 대기
48

여덟 굽이를 돌며
아빠가 글을 쓸 때의 마음
54

아홉, 열 굽이를 돌며
글을 쓰며 가장 힘든 일
60

열한 굽이를 돌며
푸른 나무들에 대하여
65

열둘, 열세 굽이를 돌며
물푸레나무 회초리와 물푸레나무 책상
71

열넷, 열다섯 굽이를 돌며
집안의 역사에 대하여
85

열여섯 굽이를 돌며
다시 말하지 않고 걷기
96

열일곱, 짧은 열여덟, 열아홉 굽이를 돌며
아이의 길, 어른의 길
98

스무 굽이를 돌며
이미 네가 잃어버리고 있는 것들
125

스물하나, 스물두 굽이를 돌며
아빠가 어릴 때 잃어버렸던 것들, 그리고 배운 것들
133

스물세 굽이를 돌며
부모 마음의 노란 손수건
143

스물네 굽이를 돌며
한 굽이를 뛰어 내려가기
149

스물다섯 굽이를 돌며
한 굽이를 더 뛰어 내려가기
151

스물여섯 굽이에 이르기 전에
조급함에 대하여
152

스물일곱 굽이를 돌며
너희들을 키우며 아빠가 안타까웠던 것
159

스물여덟 굽이를 돌며
더불어 사는 세상에 대한 너희들의 생각
163

스물아홉 굽이를 돌며
아들의 여자 친구
168

서른 굽이를 돌며
이 세상에서 가장 불쌍한 어른
174

서른하나, 서른두 굽이의 반을 돌며
산속에서 노을을 바라보기
177

서른두 굽이의 반과 서른세 굽이를 돌며
어린 철학자들
178

서른네 굽이를 돌며
아이들의 장래를 생각하는 야구감독
184

서른다섯, 서른여섯 굽이를 돌며
우정에 대하여
190

서른일곱 굽이를 돌고 나서
아직도 우리가 가야 할 먼 길에 대하여
199

집으로 들어가는 샛길에서
어둠 속에 빛나는 노란 손수건
202

작가의 말
205

떠나기 전에

그날 우리 집 거실 풍경

왜 이렇게 마음이 불편한 것일까.

저녁을 먹은 다음 나는 말없이 일어나 서재로 들어갔다. 며칠째 그런 식이었다. 눈앞에 책을 펼쳐두고 있어도 책보다 반쯤 문을 열어둔 거실 쪽의 움직임에 더 신경이 쓰였다. 커피도 따로 아내가 서재로 가져다주었다.

"아빠 왜 저러세요?"

하고 묻는 상우의 말소리가 들렸다.

"엄마 아빠 싸웠어요?"

이어 작은아들 상빈이 묻는 소리도 들렸다.

바로 얼마 전에 펴낸 책 때문이었다. 어린 시절 내 마음 안에 남아 있던 상처에 대한 이야기였다. 어쩌면 그것은 책으로 쓰지 말고 영원히 내 가슴속에만 묻어두어야 했는지 몰랐다. 그런 것을 지난 2년간 틈틈이 써서 한 권의 책으로 세상에 내놓은 것이었다. 내 어린 시절의 기억을 바탕으로 상처를 그리다 보니 아버지 어머니에 대해서도 좋은 이야기만 나오지 않았다. 그것은 한 집안의 오래된 상처에 관한 이야기였다.

눈에 잘 들어오지 않는 책을 물끄러미 바라보는데, 그런 내 가슴을 강한 전류가 훑고 지나가듯 길게 전화벨이 울렸다.

"안녕하세요? 할아버지."

큰아들 상우가 인사를 했다. 나는 읽지 않고 눈만 맞추고 있던 책을 가만히 덮었다. 상우는 할아버지의 말에 예, 예, 하고 대답만 했다. 다른 때 같으면 온갖 응석 속에 할아버지보다 아이들이 더 많은 말을 했다.

그런데 그날은 아니었다. 아이는 그저 예, 예, 대답만 하는 것 같았다. 그리고 곧바로 "아빠, 할아버지 전화 받으세요" 하는 아이의 말이 들려왔다. 나는 몇 번 잔기침을 하고 나서 거실로 나가 아이가 내미는 전화기를 받아 들었다.

"예. 저예요."

"애비냐?"

"예."

"넌 어째 요새 전화도 없나?"

나는 아무 말도 할 수 없었다. '대신 어미가 자주 걸잖아요', 할 수도 없는 일이었다.

"그렇게 바쁘나?"

"아니에요."

"이번 토요일엔 뭐 하나?"

"……."

"그날도 바쁘나?"

"아, 아니에요."

"그럼 애들 데리고 내려왔다 가거라. 따로 얘기할 것도 있고, 애들도 보고 싶고."

몇 마디를 나눈 것도 아닌데 전화기를 든 손바닥에 축축하게 땀이 묻어났다. 어른이 된 다음에도 아버지는 여전히 내게 어려운 분이었다.

금요일 밤 잠자리에서

"상우는 뭘 조금은 아는 것 같아요."

"뭘?"

"당신하고 아버님이 왜 그러시는지요."

"알긴 뭘 알아? 어린애가."

"학교에서 선생님이 그러셨는가 봐요."

"뭘?"

"얼마 전 그 책을 전했거든요. 그랬더니 선생님이 그걸 읽고……."

"그러니까 전하기는 왜 전해?"

"난 그냥 내가 좋아서 전한 책인데, 어제 학교에서 상우가 돌아와 그러잖아요. 그 책이 우리 할아버지가 할머니 가슴 아프게 한 얘기를 쓴 책이냐고요."

"그래서?"

"상우 이제 어리지 않아요. 선생님이 그렇게만 말해도 그게 무슨 얘긴지 이제 상우도 알 나이가 된 거죠."

"그런데 내일은 어떻게 해?"

"어떻게 하긴요. 오라고 하시지 않아도 한 번은 찾아가 뵈어야지요. 곧 어버이날이 다가오는데."

"불편하니까 그렇지."

"당신 마음이 그렇다고 안 갈 수도 없잖아요. 일부러 부르시는 건데."

"그럼 이렇게 하는 건 어떨까?"

"어떻게요?"

"오늘 낮에 생각한 건데, 당신하고 무적(둘째 아들 상빈을 천하무적을 줄여서 집에서는 그냥 무적이라고 부른다)이 먼저 가. 나하고 상우는 뒤따라갈 테니까."

"같이 안 가고요?"

"대관령에서부터 말이지. 당신하고 무적은 당신이 운전하는 차를 계속 타고 가고, 나하고 상우는 거기서부터 걸어가고. 이제 상우도 그럴 수 있는 나이가 됐잖아. 이번에 있은 이런저런 일도 다 안다면서. 그리고 나도 언젠가 상우하고 그 길을 걸어

보고 싶었고."

"그러니까 나보고 먼저 내려가서 어른들 마음 달래놓으란 얘기죠?"

"당신 말대로 상우도 이제 컸으니까 아버지와 아들이 함께 그 길을 걸어보고 싶은 거라구. 그냥 이런저런 이야기를 하면서. 상우도 내가 아버님한테 말하고 싶은 게 있었듯 아빠한테 말하고 싶은 얘기가 있을 테고, 아버님처럼 나도 상우한테 하고 싶은 얘기도 있을 테고. 또 이 일에 대해 상우가 느끼는 게 있다면 거기에 대해서도 얘기하고."

"걸어서 가면 힘들지 않아요?"

"세상에 힘들지 않은 일이 어디 있어? 어떻게 의미 있게 힘드냐 하는 게 문제지."

"나도 아빠하고 아들이 함께 걷는 걸 보면 좋죠. 또 걷다 보면 집에서 아빠와 아들이 하지 못했던 얘기도 할 수 있고요. 그런데 상우가 잘 걸을 수 있을지 모르겠어요."

"내리막길 50리야. 그 나이면 충분히 걸을 수 있는 길이고."

"걸을 수만 있다면 상우한테 큰 선물이 되겠어요. 우리한테도 큰 선물이고요."

"그러니 걷는 데 필요한 물건 잘 챙기고."

"그래도 대견하네요. 상우가 그만큼 컸다는 생각만 해도."

한 굽이를 돌며

할아버지 댁은 어디 있나

"상우야."

"예, 아빠."

"이제부터 걷는 거야. 여기 대관령 꼭대기에서부터 저기 산 아래 할아버지 댁까지. 다른 사람들은 다 자동차를 타고 가는데 너하고 나하고만 걸어서."

"예."

"너 걸을 수 있지?"

"예. 걸을 수 있어요. 그래서 신발 끈도 아까 자동차 안에서 다시 맸는걸요."

"준비는 그것하고 이 물통 하나면 충분하다. 아빠는 이제 네가 아빠하고 함께 이 길을 걸을 수 있을 만큼 자란 게 얼마나 자랑스러운지 몰라."

"저도 아빠와 함께 이 길을 걸을 수 있는 게 자랑스러워요. 서울에서 아빠가 우리 그 길을 한번 걸어볼까, 하고 말씀하셨을 때부터요."

"우리는 그냥 걷는 게 아니라 걸어가면서 이야기를 하는 거야."

"어떤 이야기를 할까요, 아빠?"

"그건 미리 정하지 말자. 네가 아빠한테 하고 싶은 이야기도 하고 아빠가 너한테 하고 싶은 이야기도 하고. 그냥 생각나는 대로 하면 되지 않겠니? 또 이렇게 걷다 보면 집에 있을 땐 하지 못했던 이야기를 할 수도 있는 거고."

"그럼 엄마하고 무적은 바로 할아버지 댁으로 가나요?"

"그래. 엄마하고 무적은 30분쯤 후면 도착할 거야. 엄마가 운전을 천천히 해도 그 시간 안에는 들어갈 수 있을 테니까."

"할아버지 할머니가 놀라시겠어요. 왜 두 사람만 오느냐고. 아빠하고 저는 안 오고."

"그래, 놀라시겠지."

"그래요. 일부러 할아버지가 전화까지 해서 내려오라고 하셨는데."

"자 그러면 출발하자. 걷는 방법에 대해서는 미리 말하지 않으마. 이제 그것도 너 스스로 깨달아야 할 일 중의 하나니까."

"아까 몇 시간 걸린다고 했어요?"

"어른들 걸음으로 네 시간 반쯤 걸린단다. 그렇지만 넌 아직 어리니까 다섯 시간 반쯤 잡으면 될 거야."

"저도 어른처럼 빨리 걸을 수 있어요. 저도 이제 다 컸으니까."

"그래도 시간은 넉넉하게 잡는 게 좋아. 더구나 우리는 그냥 걷기만 하는 게 아니라 이야기도 해야 하니까."

"그리고 가면서 나무도 살피고, 돌도 살피고, 길가의 풀들과 꽃들도 살피고, 또 시냇물을 만나면 시냇물과도 이야기를 해야 하니까요."

"시냇물하고도?"

"그건 걷다 보면 저절로 알게 될 거예요. 그냥 이야기를 해도 되고, 또 말로 이야기를 하지 않더라도 아빠하고 제가 시냇물에 세수도 하고 또 그 물을 손바닥으로 떠서 마시면 그것도 시냇물과 이야기하는 거나 같잖아요."

"자, 그럼 걷자."

"그럼 지금이 두시 반이니까 여덟시쯤 되어야 도착하겠네요. 별이 뜨면 별자리도 살피면서. 할아버지 댁에 갈 때마다 저는 늘 그 생각을 했거든요. 할아버지 댁 마당에서 보는 별을 우리 집에선 왜 볼 수 없을까 하고. 여덟시쯤이면 도착할 수 있는 거죠?"

"그래. 아마 그때쯤이면 도착할 수 있을 거야. 네가 끝까지 걸을 수만 있다면."

"전 걸어요, 아빠. 저 이제 6학년이에요. 내년이면 중학생이 되고요."

"아빠도 그렇게 믿고 너하고 걷는 거야. 무적은 아직 어려서 안 되고."

"그런데 아빠."

"응."

"할아버지 댁은 어디쯤이에요? 여기서도 보이나요?"

"아니. 보이지는 않는다. 어디쯤인지는 알 수 있어도."

"어디쯤인데요?"

"저기 아래 큰 마을이 보이지?"

"예."

"그곳이 강릉 시내야."

"알아요, 그건."

"할아버지 댁은 시내에서 쭉 올라와 이 산 왼편 아래쪽이고. 아빠 손끝을 잘 봐라. 저기 아래 사태가 난 것처럼 한쪽이 조금 붉게 파인 산이 보이지?"

"저기 말이죠?"

"그래. 바로 그쯤이란다. 왜, 머니?"

"멀지만 시내보다는 가까워요."

"대관령 바로 아래쪽 마을이니까. 차를 타고 내려가다 보면 산을 거의 다 내려가서 작은 마을이 하나 있지? 대관령박물관이 있는 데 말이야."

"예."

"그 마을에서 다시 왼쪽 산길로 한 시간쯤 더 들어가면 되는 거야. 너하고 나하고는 한 시간 반쯤 더 걸으면 되고."

"신나요. 아빠."

"그래, 나도 그래. 이렇게 다 큰 아들하고 이 길을 걸으니까."

두 굽이를 돌며

할아버지가 물려주시는 자리

"상우야."

"예."

"이제 우리는 한 굽이를 돌았다."

"알아요."

"아까 내려오기 전 너 그거 봤니?"

"뭘요, 아빠?"

"해발 표지판 말이다. 길 제일 꼭대기에 세워둔 거."

"예. 봤어요. 835미터 맞지요?"

"맞다. 해발이 무슨 뜻인지는 알지?"

"예. 바다에서 835미터 높이라는 뜻이잖아요."

"그럼 우리는 지금 얼마큼 높이에 있을까?"

"아까 835였으니까 지금은 800미터 높이쯤에 있을 거예요. 그래서 바다도 눈 아래 보이고요. 그런데 아빠."

"응."

"아빠는 이 길을 많이 걸었다고 했지요?"

"아마 열 번은 더 걸었을 거야. 할아버지는 아빠보다 열 배는 더 많이 걸었을 거고."

"그렇게 많이요?"

"아빠는 일부러 걸었을 때가 많았지만 할아버지는 일부러 걸었던 게 아닌데도 그렇단다."

"할아버지도 아빠하고 이 길을 걸으셨나요?"

"그러고 보니 아빠는 할아버지와 함께 이 길을 걷지는 않았구나. 할아버지는 증조할아버지하고 걸으셨다는데."

"아빠도 저처럼 할아버지하고 걸었으면 좋았을 텐데. 그러면 아빠하고 할아버지도 서로 마음이 잘 통하게 되잖아요. 먼 길을 걸으며 많은 이야기를 하고 나면요."

"그러게 말이다. 네가 좀 더 일찍 가르쳐주었으면 좋았을걸."

"일찍 언제요?"

"네가 태어나기 훨씬 전에. 그러면 아빠도 할아버지와 한 번은 이 길을 걸었을 텐데. 이제 할아버지께선 너무 힘이 들어 이 길을 걸으실 수 없잖니?"

"그때 제가 어떻게 가르쳐줘요? 태어나기도 전인데……."

"그렇지만 아빠는 지금 너처럼 할아버지하고 이 길을 걷지는 않았어도 이 길을 걸을 때마다 할아버지가 걷던 길이라는 걸 늘 생각하며 걸었단다. 할아버지뿐만 아니라 아빠의 할아버지가 걷던 길이라는 것도 늘 생각하며 걷고. 그리고 그 할아버지의 할아버지도 이 길을 걸었을 거고. 아빠는 자동차를 타고 다닐 때에도 늘 그 생각을 한단다."

"할아버지는 제가 알고, 아빠 할아버지께서는 무얼 하셨어요?"

"상우야."

"예."

"아빠의 할아버지를 너는 어떻게 불러야 하니?"

"증조할아버지요."

"그럼 그렇게 물어야지. 증조할아버지께서 무얼 하셨느냐고."

"저는 그렇게 말하고 싶었는데 아빠가 먼저 그렇게 말하셨어요. 아빠의 할아버지라고."

"아빠가?"

"예."

"그러면 그건 아빠가 네가 이해하기 쉬우라고 한 말일 거다."

"알아요. 아빠."

"네 증조할아버지도 농사를 지으셨단다. 고조할아버지도 농사를 지으셨고. 그 농사를 똑같은 땅에서 지금은 할아버지가 지으시고 있는 거야."

"그다음엔요?"

"큰아빠나 둘째 큰아빠, 아빠, 작은아빠 중 누군가 지어야 하는데, 그러고 보니 지금은 아무도 지을 사람이 없구나."

"아빠."

"응."

"그런 생각을 하면 아빠도 마음이 안타깝지요?"

"그래. 그래서 아빠는 이런 생각을 한다."

"어떤 생각을요?"

"너하고 무적이 다 크면 아빠는 지금 할아버지가 사시는 시골로 내려와 있을까 하고 말이다. 그러면 할아버지가 지으시던 농사도 짓고, 또 이다음 네가 네 아들하고 이렇게 할아버지 댁에 걸어서 놀러 오기도 하고."

"신나요, 저도 그런 생각을 하면. 그리고 이다음 저하고 무적도 아빠처럼 할아버지 고향에 내려와 살 거구요."

"무적은 서울에서 태어났지만 너는 할아버지 댁에서 태어났어. 알지?"

"알아요."

"엄마가 널 낳은 건 강릉 병원에서였지만, 널 낳기 두 달쯤

전 할아버지 댁에 내려와 있다가 병원에 갔으니까. 할아버지도, 그리고 큰아빠와 아빠, 작은아빠도 다 할아버지 댁에서 태어났고."

"저는 그게 자랑스러워요. 증조할아버지가 태어나시고, 할아버지가 태어나시고, 아빠가 태어나신 집에서 제가 태어났다는 것이요. 그래서 아빠한테도 절 할아버지 댁에서 태어나게 해주신 데 대해서 늘 감사하게 생각하고요."

"아빠도 널 그렇게 태어나게 하고 싶었던 거야. 그래서 일부러 서울에서 널 낳게 하지 않고 내려온 거고. 또 무적한테는 그렇게 해주지 못한 게 조금은 미안하기도 하고 말이다."

"아빠."

"응."

"그런데 제가 4학년 때 그 집을 허물고 새 집을 지었잖아요."

"기억나니?"

"예. 그때도 우리는 헌 집에 인사를 하러 왔었잖아요."

"그래. 그 집에서 태어난 사람이 아마 스무 명도 더 될 거야."

"그렇게 많이요?"

"그럼. 네 고조할아버지 때부터 모두 그 집에서 태어났으니까. 그리고 네가 제일 마지막으로 그 집에서 태어났고."

"그때 제가 그 말을 했어요. 할아버지께서 어떻게 왔느냐고 물으셔서 제가 태어난 집에 마지막 인사를 하러 왔다고요. 그때 제가 울었던 것 알아요?"

"알지, 그럼."

"포클레인으로 툭, 하고 살짝 쳤는데도 힘없이 금방 집이 무너졌어요. 할아버지가 태어나시고 제가 태어난 집이요. 제가 우니까 할아버지가 그러셨어요. 할아버지가 아빠들한테 자리를 내주듯 헌 집이 새 집한테 자리를 내주는 거라구요. 그런데 그 말씀을 들으니까 더 슬펐어요. 정말 이다음 할아버지가 할아버지 자리까지 아빠들한테 내주고 하늘나라로 가시면 어떻게 하나 하고요."

"그래. 할아버지께선 이미 많은 자리를 아빠들에게 내주셨단다. 그중에서도 제일 큰 자리가 뭔지 아니?"

"뭔데요, 아빠?"

"네가 한번 생각해봐라."

"어른 자리요."

"아니, 그보다 더 큰 자리를 내주셨어. 지금도 할아버지는 우리 집안의 가장 큰어른이시고. 아빠보고 이번 토요일에 내려와라, 하면 우리 모두가 꼼짝없이 내려가야 하는."

"그럼 뭔데요? 아빠."

"그건 바로 아버지라는 자리야."

"아버지요?"

"그래, 아버지. 이제 작은아빠도 다흰이와 상준이 아빠가 되었잖니. 할아버지께서 막내아들에게까지 그 자리를 내주신 거야. 그리고 그 자리를 이다음 우리가 너희들에게 물려줄 거고."

"그렇지만 아빠. 할아버지 할머니께서 오래오래 사셨으면 좋겠어요."

"그래. 틀림없이 그러실 거다. 우리 모두 그러길 바라고."

"예. 아주 오래오래요. 제가 아빠한테 아버지 자리를 물려받을 때에도요."

"그래. 그렇게 사실 거다. 할아버지도 할머니도."

"그리고 제가 할아버지가 되었을 때에도요."

"그래. 꼭 그러실 거야."

"그래서 저는 할아버지가 된 아빠보고도 할아버지가 이번 토요일에 애들 다 데리고 내려와라, 그랬으면 좋겠어요."

"그래."

"아빠."

"응."

"지난번 할아버지가 전화를 하셔서 이번 토요일에 다 내려와라, 해서 마음속으로 아주 조금이라도 싫어했던 건 아니죠?"

"그래."

"이다음 아빠도 저한테 그러세요. 그러면 저도 싫어하지 않을게요. 무슨 말인지 알죠, 아빠?"

"그래."

"아까 자동차 안에서부터 아빠한테 그 말을 해주고 싶었어요."

셋, 네 굽이를 돌며

이 길은 누가 만들었나

"아빠."

"응."

"아빠는 이 길을 많이 걸으셨다고 그랬잖아요?"

"그래."

"언제부터 걸으셨어요?"

"가만있어보자. 그게 언제부터였는지. 고등학교 1학년 때부터였으니까 열일곱 살 때 처음 이 길을 걸었던 것 같구나."

"그때에도 네 시간 반이 걸렸나요?"

"아니. 그때는 꼭대기에서부터 걸은 게 아니고 중간쯤에서부터 걸었단다. 그때는 이 길이 이렇게 아스팔트로 포장이 되어 있지 않았고."

"그럼요?"

"그냥 산허리를 깎아 닦은 자갈길이었어. 자동차가 지나가면 먼지가 풀풀 날리고 자동차 바퀴에 돌도 튀고 하는."

"그러면 걷기가 나쁘잖아요. 자갈길에 먼지가 날리면."

"그래도 그때는 이렇게 자동차가 많지 않았어. 승용차는 있어도 드물었고 이따금 먼 곳으로 떠나는 버스하고 트럭들이 다니는 정도였거든."

"그래도 먼지가 날리면……."

"먼지만 날렸던 건 아니지. 먼지보다 더 많이 날리던 것도 있었어. 너 그게 무언지 한번 맞춰 봐라."

"바람요."

"바람은 지금도 불지 않니. 그리고 바람은 분다고 하지 날린다고 말하지 않지. 바람이 불 때 그 바람을 타고 무엇이 날리는 거니까."

"그럼 꽃씨요."

"그래. 꽃씨도 날렸겠지. 그렇지만 그건 눈에 잘 보이지 않잖니."

"그럼 뭐가 날렸는데요?"

"꽃하고 꽃가루가 그렇게 날렸어."

"꽃가루는 서울서도 많이 날려요. 그래서 눈병도 나고. 우리 반 애들도 몇 명 눈병이 났어요."

"그런 꽃가루하고는 다른 꽃가루가 날렸단다. 지금처럼 5월이면 송홧가루라고, 바람이 불면 소나무 꽃가루가 노랗게 날리곤 했지. 그리고 아카시아 꽃도 날리고…… 지금도 날리긴 하지만 예전처럼 많이 날리지는 않을 거야. 송홧가루가 후두둑 떨어져 날리는 모습을 보면 참 아름답고 고운데, 내려가다 볼 수 있을지 모르겠구나. 여긴 너무 높은 데라 거의 다 참나무들이란다. 그리고 아카시아 꽃이 날릴 땐 마치 눈이 오는 것 같기도 하고. 7월에 붉은 싸리 꽃이 날리던 모습도 참 보기 좋았단다."

"아빠는 꽃 이름도 많이 알고 풀이름도 많이 알지요?"

"그래. 아빠는 어릴 때부터 늘 풀하고 살아왔으니까. 그리고 너보다 어렸을 때부터 늘 산에 가서 소를 먹이고 했으니까. 큰아빠들도 작은아빠도 다 그렇게 컸어."

"그런데 이 길은 언제 이렇게 만들어졌어요?"

"상우야. 이 길은 누가 만든 게 아니라 아주 오래전부터 있었던 거야."

"아뇨, 아빠. 지금처럼 포장한 거요."

"그건 꼭 20년쯤 되는 것 같구나."

"아빠는 어떻게 그걸 금방 알아요?"

"아빠에게 이 길은 이미 만들기 전부터 어떤 의미가 있던 길이었으니까. 아마 이 길은 수천 년 전부터 있어왔을 거야. 처음엔 한 발자국 한 발자국 그런 발자국들의 흔적이 모여 한 사람이 겨우 지나다닐 수 있는 오솔길이 되었을 테고,

그다음엔 두 사람이 지나다닐 수 있는 길이 되었을 테고…… 아마 그렇게 수천 년을 수많은 사람들이 넘고 지나다니다가 또 그다음엔 가마 하나가 지나다닐 수 있는 길이 되었을 테고, 그러다 수레가 지나다니고, 자동차가 나온 다음엔 자동차가 한 대가 지나다닐 수 있는 길이 되었을 테고, 또 그다음엔 자동차 두 대가 서로 비켜 지나다닐 수 있는 길이 되었을 테고, 그러다 20년 전에 지금처럼 더 넓게 포장을 한 거란다."

"그럼 자동차가 지금처럼 길을 넓힌 거네요."

"그래. 그렇게도 말할 수가 있겠지. 그렇지만 아빠는 이 길을 어떤 사람들이 지금처럼 넓혔는지 알고 있단다. 자동차 때문에 길을 넓히기는 했지만, 자동차와는 전혀 상관이 없는 사람들이 이 길을 넓혔던 거야."

"어떤 사람들이 넓혔는데요?"

"바로 네 고조할아버지와 증조할아버지와 할아버지께서 이 길을 새로 닦고 넓히셨단다."

"어떻게요?"

“고조할아버지께서 사셨넌 건 일본이 우리나라를 막 지배하고, 자동차가 들어오기 시작하던 시대였단다. 증조할아버지 역시 그런 시대에 사셨고. 일본 군인들과 경찰이 두 분 할아버지께 강제로 이 길을 닦게 했던 거야.”

“우리 할아버지들한테만요?”

“아니. 그 시대에 살던 모든 고조할아버지와 증조할아버지들한테. 그때는 삽과 곡괭이로 돌 하나하나를 들어내며 산허리를 파내 이 길을 닦고 넓힌 거란다.”

“그럼 할아버지는요? 할아버지도 그때 사셨어요?”

“태어나신 건 그때여도 할아버지가 이 길을 닦으신 건 해방이 된 다음이란다. 그때에도 ‘인부’라고 해서 강릉 서쪽 마을과 대관령 아랫마을에 사는 사람들은 일 년에 서른 번에서 많게는 쉰 번까지 여기 대관령으로 길 닦기를 나와야 했거든. 품삯도 한 푼 받지 않고 바쁜 농사철에도 말이지. 네 증조할아버지와 할아버지가 함께 이 길을 걸으셨던 것도 그때였고.”

“어떻게요, 아빠?”

“할아버지가 젊으실 때, 대관령 너머에서 차를 타고 오시다가 ‘인부’를 나온 증조할아버지를 보신 거야. 그래서 중간에서 내려 해가 질 때까지 증조할아버지 대신 할아버지가 길 닦기 인부를 하고 나서 두 분이 길을 내려오셨던 거야.”

"길 닦기를 하러 왔는데도 차를 안 태워줘요?"

"그때는 자동차가 귀했으니까. 길 닦기를 하러 나올 때에도 이른 새벽에 마을 사람들이 모여 여기까지 걸어와야 했고, 또 길을 닦고 나서도 한밤중까지 걸어 집으로 가곤 했던 거야. 점심도 자기가 먹을 건 자기가 싸 가지고 와서."

"정말 나빴어요. 그렇게 일 시키는 사람들."

"너도 그렇게 생각하니?"

"그럼요. 저 같으면 안 나갔을 거예요. 품삯도 하나도 안 주고, 집안일도 바빴을 텐데."

"그런데도 안 나갈 수 없게 그 사람들이 일을 시켰던 거야."

"어떻게 시켰는데요?"

"나와서 하는 일은 품삯을 안 주지만 정해진 횟수만큼 나오지 못했을 땐 나오지 않은 날만큼 비싸게 매긴 품삯을 도로 물어내야 했으니까. 강릉 동쪽 사람들은 그렇게 비행장을 닦아야 했고."

"정말 나빴어요, 그 사람들."

"처음엔 일본 사람들이 그렇게 시켰는데, 해방이 되고 나서는 우리나라 사람들이 똑같은 방식으로 그렇게 시켰던 거야. 그런 '인부'가 언제까지 있은 줄 아니?"

"언제까지 있었는데요?"

"아빠가 처음 이 길을 걸을 때까지도 있었단다."

"그럼 아빠도 인부를 나왔다가 걸은 거예요?"

"그래. 그때는 새마을 운동이라는 걸 했거든. 주로 마을 길을 닦을 때 인부를 나갔는데, 큰 장마가 내린 다음 길이 파이면 일 년에 몇 번 여기 대관령까지 인부를 나왔던 거야. 그런데 그때는, 인부를 나올 땐 일을 더 일찍, 많이 시킬 욕심으로 차를 태워주고 돌아갈 땐 차가 나오지 않았던 거야. 아빠는 고등학교 1학년 여름방학 때 할아버지 대신 인부를 나왔던 거고."

"그런데도 데모 같은 거 안 해요?"

"나라에서 시키니까 으레 그렇게 해야 하는 걸로 알았던 거지. 이 길은 그렇게 닦고 넓힌 길이야. 자동차가 닦고 넓힌 게 아니라 바로 네 고조할아버지, 증조할아버지, 할아버지의 피와 땀으로. 비록 몇 번이긴 하지만 아빠까지도 말이다. 그리고 이곳에 대대로 발자국을 모아 길이 있게 한 할아버지의 할아버지와, 또 그 할아버지의 할아버지들이 이 길을 처음 만든 거고. 그런데 이 길을 포장하고 나서 어떤 사람이 마치 자기가 처음부터 이 길을 닦은 것처럼 말했단다."

"어떤 사람이요, 아빠?"

"이 길을 포장한 회사의 가장 높은 사람이 신문에서도 그렇게 말하고, 방송에 나와서도 그렇게 말했단다. 자기가 이 길을 닮았다고. 그때 아빠는 그 사람이 우리 할아버지와 아버지의 피와 땀을 모독하는 느낌을 받았단다. 너 모독이 무슨 뜻인지는 알지?"

"예. 알아요. 아빠 말을 듣고 나니 그 사람이 그렇게 말하는 게 바로 우리 할아버지들의 피와 땀을 모독하는 거예요."

"그래. 그건 모독이다. 그 사람은 자기 회사의 이익을 위해 돈을 받고 단지 이 길을 포장한 것뿐이거든. 우리 할아버지들처럼 이 길을 위해 피땀으로 희생했던 게 아니라."

"알아요, 아빠."

"상우야."

"예."

"그런데 지금 우리가 무슨 이야기를 하고 있는지 알지?"

"길 이야기요."

"그래. 길 이야기를 했다. 길 이야기 중에서도 이 길의 역사에 대해서 이야기를 한 거야. 나라에도 역사가 있고, 집안에도 역사가 있듯이 오래된 길에도 역사가 있는 거야."

"그럼 제가 이 길을 걸으며 이 길의 역사에 대해 이야기하고 있는 거네요. 그렇죠. 아빠?"

"그래. 이 길이야말로 너와 아빠에겐 어떤 역사가 숨 쉬는 길인 거야. 너는 더구나 이 길 아래에서 태어났고."

"저도 이다음 어른이 되고 아빠가 되면 제 아들한테도 이 길 이야기를 해줄 거예요. 그때에도 지금 아빠와 함께처럼 이 길을 걸으면서요. 이 길을 처음 만든 사람이 누구고, 할아버지와 할아버지의 할아버지들이 이 길을 어떻게 넓히고 닦았는지요. 그리고 제가 아빠하고 처음 어떤 이야기를 하며 이 길을 걸었는지도요."

왜 대관령은 굽이를 셀 수가 없을까

"아빠."

"응."

"대관령이 정말 아흔아홉 굽이예요?"

"네 생각엔 어떨 것 같니?"

"잘 모르겠어요. 그런데 정말 아흔아홉 굽이일 것 같지는 않은데요."

"그래. 그렇게 많지는 않아. 아빠도 아직 한 번도 세어보지 않았지만 큰 굽이 안에 작은 굽이가 섞여 있고, 또 그 굽이 안에 굽이가 있고 해서 세기 쉬운 일도 아니고."

"그럼 큰 굽이로는 대충 얼마큼 돼요?"

"그건 지금 말할 수 없단다."

"왜요?"

"우리는 이제 막 걷기 시작한 거나 마찬가진데 그걸 알고 나면 걷기가 더 힘들어지니까. 한 굽이 한 굽이 줄어들 굽이만 생각하게 되고. 옛말에도 그런 말이 있단다. 게으른 일꾼 밭고랑만 세고 있다고. 밭을 매야 할 사람이 밭은 안 매고 앞으로 몇 고랑을 더 매야 하나 하고 그것만 세는 거야."

"그래도 대충은 말해주세요."

"아흔아홉 굽이보다는 훨씬 적단다."

"반쯤요?"

"실제는 그보다 더 적을 거야."

"그런데 왜 아흔아홉 굽이라고 해요?"

"그만큼 많다는 뜻이지. 아흔아홉 굽이라고 말하는 게 백 굽이라고 말하는 것보다 더 많아 보이고 길어 보이지 않니?"

"그래요 그건. 고개도 아흔아홉 고개가 백 고개보다 많아 보이고요."

"왜, 세어보고 싶니?"

"예."

"처음엔 그런 마음을 먹어도 중간에서 곧 잊어버리게 될 거야. 또 이걸 굽이로 세야 할지 말아야 할지 망설이게 되는 굽이도 많고. 그러다 보면 나중엔 셀 수 없다는 걸 알게 되는 게 또 여기 대관령 길이거든."

"그래도 저는 한번 세어볼래요."

"그래. 세어봐라. 대신 아빠한테 중간에 우리 몇 굽이 왔어요, 하고 묻지 말고."

"알았어요, 아빠."

"그런데 너 벌써 힘이 드는 모양이구나? 겨우 네 굽이 걷고 나서."

"아니에요, 아빠."

"아니긴. 네가 아니라고 해도 몇 굽이쯤 되는지 알고 싶다는 게 벌써 힘이 든다는 얘기니까."

"정말 그런가요?"

"몇 굽이인지 세더라도 그냥 굽이를 생각하지 말고 걷도록 하자. 그게 지치지 않고 오래 걷는 법이거든. 몇 굽이를 돌았나 생각하지 말고 꼭대기에서부터 얼마만큼 내려왔나 그걸 생각하면 힘이 덜 들 거야."

"위쪽에 큰 굽이가 많아요, 아래쪽에 큰 굽이가 많아요?"

"그것도 생각하지 말고. 그렇지만 중간에 아주 길고 큰 굽이가 몇 개 있단다. 공중으로 바로 간다면 다음 굽이까지 200미터면 갈 수 있는 거리를 굽이진 길로 가면 그보다 다섯 배는 더 걸어야 하는 데도 있고."

"그래도 저는 꼭 세어볼 거예요."

"그렇지만 곧 알게 될 거야. 그게 왜 불가능한지."

농사짓는 일을 깔보는 사람들

"더워요, 아빠."

"그럼 덥지. 아까 우리가 타고 오던 자동차 안은 시원해도."

"자동차 안에 있을 땐 바깥도 시원할 줄 알았는데 그게 무얼 모르는 사람들의 자기 생각 같아요."

"그래. 내가 시원하면 남들도 시원한 줄 알고, 내가 배가 부르면 다른 사람도 배가 부른 줄 아는 그런 생각들 말이지. 자동차 안에서 바깥 풍경이 시원하다고 실제로 시원한 건 아니거든."

"옛날이야기에도 그런 게 있어요. 욕심 많은 부자 얘긴데 자기가 배가 부르면 남들도 다 배가 부른 줄 아는 부자 얘기요."

"그런 마음은 이런 산길이 아니라 들판을 지날 때에도 똑같은 거야. 자동차 안이 시원하다고 농부가 김매는 들판까지 시원한 게 아니거든. 그런데도 우리는 그 욕심 많은 부자처럼 자기가 시원하고 한가하니까 그 풍경까지 시원하고 한가하게 바라보는 거야. 농부가 어떤 구슬땀을 흘리고 있는지는 조금도 생각하지 않고 말이지."

"지금 저 자동차 안에 있는 사람들도 우리를 그렇게 볼 거예요."

"우리도 자동차 안에 있을 때 그랬고. 물을 줄까?"

"아뇨. 조금 있다가요."

"농부 얘기가 나와서 하는 얘긴데 아빠는 말이지. 서울에서 어떤 사람들이 제일 싫고 미운 줄 아니?"

"어떤 사람들인데요?"

"농사를 만만히 보는 사람들이다."

"어떻게 하는 게 농사를 만만히 보는 건데요?"

"자기가 하는 일이 잘 안 되거나 회사에서 윗사람한테 야단을 듣거나 했을 때, 다 때려치우고 차라리 농사나 지을까, 하고 말하는 사람들 말이다."

"그 말이 왜요?"

"농사는 말 그대로 농사를 짓는 거지, 농사나 짓는 것이 아니거든. 그 사람들이 '농사나' 하고 말하는 것 속엔 알게 모르게 농사짓는 일을 깔보는 마음이 들어가 있는 거야. 그런 사람들은 절대 농사를 지을 수가 없는데도 말이지. 아빠가 화나는 건 농사를 지으라고 해도 지을 수 없는 사람들이 오히려 그런 말을 아무렇지 않게 막 하는 거란다. 농사를 '농사나'라고 말하는 사람치고 아마 자기 일도 무엇 하나 제대로 하는 사람이 없을 거야. 그런데도 농사짓는 일을 깔보며 그렇게 말하는 거고. 그런 말을 들으면 아빠도 모르게 저절로 화가 난단다."

"아빠 말씀을 들으니까 정말 그런 것 같아요. 아까 그 사람처럼 그렇게 말하는 사람들도 우리 할아버지의 땀을 모독하는 것 같고요."

"차라리 농사를 지으면 뱃속이나 편하지 하는 사람들한테도 아빠는 화가 나."

"그 말도 농사나 짓지, 하는 말과 비슷하게 들려요."

"농사를 짓는 일은 뱃속이 편한 일이 아니거든. 이건 할아버지 말씀인데 농사를 짓는 일은 다른 어떤 일보다 눈치를 봐야 할 게 하나 더 있단다."

"어떤 눈치를 봐야 하는데요?"

"이 세상에서 가장 무서운 하늘의 눈치까지 봐야 하는 거야. 비가 너무 오면 비 걱정, 가뭄이 들면 가뭄 걱정, 바람이 불면 바람 걱정을 해야 하는 게 바로 농사란다. 거기다 이제는 도시 사람들의 눈치까지 봐야 하고. 그런데 그게 어떻게 뱃속이 편한 일이 되겠니? 일은 또 얼마나 고되고."

"아까 아빠도 이다음 농사를 짓겠다고 그랬잖아요."

"그거하곤 다르다. 아빠가 이다음 농사를 짓겠다는 얘기는 이다음 고향으로 돌아오고 싶다는 얘기고, 할아버지가 농사를 지으시던 땅을 지키겠다는 얘기니까. 그리고 아빠는 큰 농사는 지을 줄 몰라도 지금도 작은 농사는 지을 수가 있거든. 그래서 지금도 틈나는 대로 할아버지 댁에 내려와서 농사일을 거들고 있고."

"이다음 아빠가 농사를 지으면 저도 아빠처럼 내려와서 아빠를 거들 거예요."

"그래. 그런 마음이면 된다."

"그것도 고향을 사랑하는 마음이죠?"

"그래. 그리워한다는 건 사랑한다는 거니까."

"그런데 아빠, 할아버지가 안 계셔도 아빠 혼자 정말 농사지을 수 있어요? 직접 짓는 것하고 거드는 건 다르잖아요."

"농사를 깔봐서 하는 얘기가 아니라 아빠는 지을 수 있다. 아빠는 너보다 어릴 때부터 늘 농사일을 거들었으니까. 너희들이 학교를 들어가기 전에 저마다 자기 자전거를 가지고 있듯 아빠들은 어릴 때 아빠들 몸에 맞는 지게를 지고 다녔어.

그 지게로 벼도 져 나르고 감자도 져 나르고 거름도 져 나르고 쇠꼴도 베어 져 날랐단다. 일요일이면 노는 날이 아니라 아들 모두 집안일을 거드는 날이었고. 너만 할 때 학교에서 돌아온 다음에도 소를 먹이고 꼴을 베고 했단다. 이리 가까이 와서 아빠 손을 봐라."

"왜요, 아빠."

"여기 아빠 손에 칼로 벤 것 같은 작은 상처들이 많지?"

"예."

"이쪽 손은 어떻니?"

"왼손엔 없고, 오른손엔 많아요."

"아빠는 왼손잡이라 낫을 왼손으로 잡는다. 그래서 오른손에 상처들이 생긴 거고. 이게 모두 어릴 때 쇠꼴을 베고, 보리를 베고, 퇴비를 베고, 벼를 베다가 생긴 상처란다. 그리고 지금도 아빠는 자주 할아버지 댁에 가서 일을 하고 있고. 그만하면 농사를 지을 수 있지 않겠니?"

"아빠는 정말 그럴 수 있겠어요. 아빠 마음과 아빠 손이요."

"그걸 어려운 말로 하면 노동에 대한 기억이라고 말하는 거야. 또 모르는 건 동네 사람들에게 하나하나 배워가며 말이지."

"참, 그 아저씨는 아직도 농사를 짓죠, 아빠?"

"어느 아저씨 말이냐?"

"아빠 친구 아저씨요. 작년 여름방학 때 할아버지 댁 앞에서 만났잖아요. 아빠하고 나이가 같은데도 할아버지처럼 보이던 아저씨요."

"아, 그 친구 말이냐? 얼굴이 꺼먼 아저씨."

"예."

"아빠하고 나이가 같지는 않고, 아빠보다 두 살 많은데도 어릴 때 같이 학교를 다녔던 거지."

"저는 아빠가 그 아저씨한테 반말하는 게 처음엔 이상해 보였어요. 그 아저씨는 거의 할아버지 같은데 아빠가 할아버지 같은 아저씨한테 반말을 하니까요."

"농사일이 그렇게 힘이 드는 거야. 햇빛 아래에서 늘 일을 해야 하니까 얼굴이 검게 되고 주름도 생기고, 또 늘 무거운 짐을 지고 다니니까 어깨도 앞으로 구부러지고. 또 매일 논밭에 나가 흙을 만지니 손발도 거칠어지고."

"이다음 아빠가 모르는 것 있으면 그 아저씨한테 배우면 되겠어요."

"그래. 그때가 되면 아빠가 그 친구를 선생님으로 모셔야겠다."

"아빠. 많이 배우지 않아도 누구를 가르칠 수 있는 거죠?"

"그럼. 학교에서만 모든 걸 다 배우는 건 아니니까. 이렇게 길을 걸으면서도 배우고 자연을 바라보면서도 배우고."

"알아요, 아빠. 우리 선생님도 그렇게 말씀했어요. 꼭 많이 배워야 남을 가르칠 수 있는 건 아니라고요. 그리고 많이 배우지 않은 사람한테도, 또 자기보다 어린 사람한테도 늘 배울 게 있다고요."

"내가 너한테 배우듯 말이냐?"

"그런 건 아니구요, 아빠."

일곱 굽이를 돌며

50가지의 풀이름 대기

"이 굽잇길은 참 짧아요, 아빠."

"짧으니 좋니?"

"예. 그러니까 금방 한 굽이를 돌 수 있잖아요."

"넌 하나를 알고 둘은 모르는구나."

"뭘요, 아빠?"

"이 굽이 하나가 짧다고 우리가 걸어야 할 길이 줄어드는 것은 아니지."

"왜요? 짧으면 짧은 만큼 걷는 시간이 줄어들잖아요."

"그러니까 하나를 알고 둘은 모른다는 거지."

"그럼 아빠가 알고 있는 둘은 뭔데요?"

"잘 생각해봐라. 여기서 할아버지 댁까지의 거리는 정해져 있는데 굽이 하나가 짧다고 그 거리가 줄어드는 건 아니잖니? 짧은 굽이가 있으면 그만큼 긴 굽이가 있게 마련이고, 또 모든 굽이가 다 짧다면 그때 또 그만큼 굽이 수가 많아지는 거고."

"정말 그런데요."

"어쩌면 우리가 사는 세상도 그런 굽이 같은 것인지 몰라. 긴 굽이가 있으면 짧은 굽이가 있고, 걷기 쉬운 굽이가 있으면 걷기 어려운 굽이가 있고 말이다."

"좋은 일이 있으면 나쁜 일도 있고, 쉬운 일이 있으면 힘든 일도 있고, 힘든 일이 있으면 즐거운 일도 있고, 그런 이야기지요?"

"그래. 처음부터 끝까지 다 좋은 건 없으니까. 또 그런 굽이들을 살면서 세상을 배우는 거고. 그런데 너 아무래도 벌써 힘이 드는 모양이구나."

"힘이 들긴 하지만 끝까지 걸을 수는 있어요."

"그래, 어디 한번 힘들어도 끝까지 걸어보자."

"그런데 아빠."

"응."

"지금 할아버지 댁으로 가는 건 아빠에게 어떤 굽이예요?"

"어떤 굽이라니?"

"쉬운 굽인지 어려운 굽인지 알고 싶어요."

"걸어서 가니까 쉬운 굽이는 아니겠지."

"아니, 그런 것 말고 아빠 마음이요."

"이렇게 다 큰 아들하고 함께 걸으니까 아름다운 굽이이기도 하고."

"제가 물은 건 그런 게 아니었어요. 며칠 전 전화를 받고 지금 할아버지 댁으로 가는 아빠 마음 말이에요."

"글쎄……."

"지금 대답 안 하셔도 돼요. 대신요, 저하고 내기 하나 해요."

"어떤 내기 말이냐?"

"아빠 풀이름 많이 안다고 그랬잖아요."

"그래."

"그러면 이 굽이가 끝날 때까지 풀이름 50개만 대봐요."

"50개?"

"예."

"그래, 어디 한번 해보자. 천천히 생각하면서 해도 되는 거지?"

"예. 저기 돌아갈 때까지 50개만 하면 돼요. 아빠가 말할 때마다 제가 하나하나 손으로 꼽아볼게요."

"자, 그러면 시작한다. 쑥, 바랭이, 쑥부쟁이, 엉겅퀴, 고들빼기, 개망초, 잔디, 냉이, 민들레, 또 어디 보자, 새풀, 쇠뜨기, 갈풀, 이건 모르겠고…… 이건 명아주, 이건 비름, 이건 쓴꼬불

개…… 몇 개를 했지?"

"열다섯 개요."

"지금 아빠가 말한 건 이 길가에 있는 풀들이란다. 네가 전과를 펴놓고 공부하듯 아빠가 그걸 보고 말한 거야."

"그럼 여기 있는 풀들 이름 다 알아요?"

"모르는 것도 있지만 거의 다 알지. 자 그럼 또 계속해보자. 이번엔 들꽃 이름들을 말할 테니 잘 세어야 해."

"예."

"구슬붕이, 미나리아재비, 개불란, 나리, 붉은자주나리……."

"스물, 아뇨, 나리꽃은 그냥 하나만 하고요. 붉은자주나리는 빼고요."

"이름은 비슷해도 종류가 다른데도 말이냐?"

"달라도요."

"그래, 알았다."

"그럼 도로 열아홉이에요?"

"그래, 열아홉. 애기똥풀, 며느리밥풀, 댕댕이, 모갱이, 열구, 자운영, 오랑캐, 수절국, 각시붓꽃, 황금초롱, 별초롱, 금강초롱, 이것 두 개는 세지 마라. 초롱이라는 같은 이름을 가진 풀들이니까."

"안 세요. 스물아홉."

"황새밥. 쓴꼬불개."

"쓴꼬불개는 아까 했어요."

"그럼 빼고."

"서른."

"패랭이, 뱀짱우, 용린."

"서른둘, 서른셋."

"이젠 그냥 생각나는 대로 꽃이 아닌 들풀 이름도 막 부를 거다."

"예."

"고추풀, 가라지, 독사풀, 안질뱅이, 닭의상다리, 뱀딸기, 수박풀……."

"그런 풀도 있어요?"

"그럼 있지. 풀잎에서 수박 냄새가 나는 풀이란다. 어릴 때 소를 먹이러 가서 그 풀을 뜯어 수박 냄새를 맞곤 했는데. 풀 이름은 모르지만 참외 냄새가 나는 풀도 있단다."

"마흔 개예요. 곱이 다 돌아가니까 빨리 말해야 해요."

"도라지, 깽깽이, 바람꽃, 금낭화, 그리고…… 모싯대, 취, 돌미나리, 토끼풀, 꿩의종아리……."

"그런 이름도 있어요?"

“그럼 있지 않고. 줄기가 꼭 꿩의 종아리처럼 생긴 풀이란다. 닭의상다리는 줄기 마디 부분이 닭의 윗다리처럼 통통해서 붙인 이름이고. 우리가 흔히 달개비라고 부르는 파란 꽃이 피는 풀 말이다.”

“하하. 그런데 아빠. 아빠가 졌어요. 아빠는 마흔아홉 개를 말했고 이번 굽이는 여기서 끝났거든요.”

“이 녀석. 너 그래서 일부러 자꾸 말을 시켰구나.”

아빠가 글을 쓸 때의 마음

"속았지요? 아빠."

"그래. 속았다."

"그래도 할아버지라면 다 말씀하셨을 거예요. 제가 말을 시켜도 아빠가 그리고, 그리고 하는 동안에 아빠보다 더 쉽게요."

"그래. 할아버지는 아빠보다 풀이름을 더 많이 아시니까. 그리고 아마 산에서 나는 풀, 들에서 나는 풀, 봄에 꽃 피는 풀, 여름에 꽃 피는 풀, 이렇게 네가 알기 쉽게 구분해서 말이지. 또 사람이 먹을 수 있는 나물은 어떤 것이 있고, 소가 잘 먹는 풀은 어떤 것들인지도 말씀하셨을 거다."

"내일 할아버지하고 들에 나가면 아빠한테처럼 똑같이 물어봐야겠어요."

"그래. 풀에 대해서는 할아버지가 박사시니까."

"그런데 아빠는 그중 어떤 풀을 가장 좋아해요?"

"음, 아빠는 미나리아재비를 가장 좋아한다."

"꽃이 예뻐요?"

"아니. 꽃보다 이름을 좋아한다."

"그렇게 예쁜 이름도 아니잖아요? 황금초롱, 별초롱같이 예쁜 이름들도 있는데."

"뭐랄까, 아빠가 좋아하는 건 그 꽃의 이름에서 오는 어떤 이미지란다. 너 이미지가 무슨 뜻인지 모르지?"

"설명은 잘 못해도 알 것 같기는 해요."

"그러니까 그 꽃 이름을 들었을 때 얼른 생각나거나 떠오르는 느낌 말이다."

"그 꽃이 아빠한텐 어떤 느낌인데요?"

"아주 오래전 아빠가 소설가가 되려고 글 공부를 할 때 다른 소설가 선생님의 소설에서 미나리아재비가 나오는 아주 좋은 구절을 읽었단다."

"어떤 구절인데요?"

"길어서 다 기억할 수는 없지만 마지막 부분은 지금도 잊지 않고 기억하고 있거든. 그 소설에도 아버지가 나오는데 그 아버지는 보통 아버지가 아니라 키가 아주 작은 난쟁이 아버지란다. 몸무게도 32킬로그램밖에 안 되는. 그 난쟁이 아버지가 꿈꾸는 세상이 바로 사랑의 세상인데, 그 세상은 사랑으로 일하고, 사랑으로 자식을 키운다. 사랑으로 비를 내리게 하고, 사랑으로 평형을 이루고, 사랑으로 바람을 불러 작은 미나리아재비 꽃줄기에까지 머물게 한다. 바로 그런 구절이란다."

"저는 잘 모르지만 아빠가 그러시니까 저도 아주 좋은 것 같아요. 사랑으로 일하고 사랑으로 자식을 키운다는 말이요."

"아빠는 네가 고등학교에 들어가면 그 책을 읽어보게 할 거야. 어쩌면 중학교 때 읽어보게 할지도 모르고. 네가 그런 글을 읽을 만큼 컸다고 생각되면 말이다."

"꼭 그렇게 해주세요. 제가 잊고 있더라도. 아빠도 우리를 그렇게 키우잖아요. 그렇죠?"

"그래. 아빠도 너희들을 그렇게 키우고 싶은 거야. 사랑으로 일하고, 사랑으로 너희들을 키우고. 그리고 너희들도 사랑으로 공부하고, 사랑으로 세상을 바라보게끔."

"아빠."

"응."

"아빠가 저희를 그렇게 키우시듯 할아버지도 아빠를 그렇게 키우셨죠?"

"그래. 그러셨을 거다. 큰아빠도 작은아빠도 우리 모두."

"전 할아버지께서 아빠들도 그렇게 키우셨을 거라고 생각해요. 큰아빠들도 아빠도 작은아빠도 다 훌륭하게 크신 분들이니까. 그중에서도 아빠의 일은 글을 쓰는 거잖아요."

"그래."

"그러면 아빠도 글을 쓸 때 미나리아재비 꽃을 생각하겠네요?"

"그건 아까도 얘기한 어떤 이미지란다. 그분 글에서 아빠가 읽은 사랑에 대한."

"느낌 말이죠?"

"그래, 느낌."

"그럼 아빠는 글을 쓸 때 무얼 생각해요?"

"그러고 보니 그런 중요한 얘기를 집에선 너하고 한 번도 하지 않았구나."

"집에서는 같이 있는 시간이 많아도 이상하게 그런 얘기를 잘 하게 되지 않아요."

"그러고 보니 아빠도 그랬구나."

"그래서 이렇게 걷는 게 좋은가 봐요. 아빠하고 그런 얘기도 하고."

"아빠도 그런 얘기까지는 하게 될지 모르고 걷자고 했는데."

"좋지요, 아빠?"

"그래. 너무 좋다."

"아빠는 글을 쓸 때 무얼 생각하느냐고 제가 물었어요."

"음, 아빠는 글을 쓸 때 이곳 대관령의 푸른 나무들을 생각한다."

"여기 나무들을요?"

"그래."

"왜 나무들을 생각하는데요?"

"상우야. 책은 무엇으로 만드니?"

"종이요."

"그럼 책을 만드는 종이는 또 무엇으로 만드는데?"

"나무요."

"그래서 아빠는 글을 쓸 때 나무를 생각하는 거란다. 만약 책이라는 것을 종이로 만들지 않고, 또 그 종이를 나무로 만들지 않는다면 아빠는 보다 쉽게 글을 써왔을지 몰라. 글을 쓸 때 나무를 생각하는 건 과연 내가 쓰는 이 글이 저 푸른 나무들을 베어내 책으로 만들어도 부끄럽지 않은가를 생각하는 거란다. 내가 쓴 책을 읽을 사람들이나 너희들보다 먼저 내가 쓴 글을 위하여 몸을 바칠 나무들에게 부끄럽지 않은 글을 써야겠다는 것이 아빠의 마음이란다. 그런데 돌아보면 아빠가 늘 그랬던 것 같지가 않아 마음 한구석이 안타깝기도 하고."

"아빠."

"응."

"아빠처럼 글을 쓰는 사람들은 다 그런 생각을 하나요?"

"많은 사람들이 그런 생각을 할 거다. 정말 글을 쓰는 사람 모두 글을 쓰기 전 나무를 생각한다면 아마 이 세상엔 푸른 나무처럼 좋은 글들만 가득할 거니까."

"그래요, 아빠. 나무처럼 푸른 글. 금방 들었는데도 저는 그 말이 좋아요. 여기 나무들도 저처럼 말을 들을 수 있으면 지금 아빠가 하신 말을 좋아할 거구요. 그리고 할아버지께서 지금 아빠 말을 들어도 좋아하실 거구요."

"그러는 동안 우리는 또 한 굽이를 돌았구나."

"여덟 굽이를 돈 게 맞죠?"

"모르겠다. 아빠는 벌써 생각하지 않기로 했으니까."

"여덟 굽이가 맞을 거예요."

"그래. 네가 여덟 굽이라면."

글을 쓰며 가장 힘든 일

"그런데 아빠."

"응."

"아빠는 글을 쓰며 어떤 때가 제일 힘들어요?"

"글을 쓰는 일은 처음부터 끝까지 다 힘들단다."

"그러니까 그중에서도요."

"쓰는 일도 힘들지만, 어떤 글은 쓰고 난 다음이 더 힘들 때도 있단다."

"어떤 글인지 저한테 얘길 해주시면 안 돼요?"

"그러니까 아빠 마음속에 어떤 비밀 같은 걸 글로 썼을 때 다른 사람이 이 글을 보고 어떻게 생각할까, 하는 마음이 들면 그때부터 아빠도 모르게 뒷일이 힘들어진단다. 그래서 아빠도 모르게 너희들까지 힘들게 할 때도 있고."

"지난번에 쓴 책도 그랬나요?"

"너한테도 그렇게 느껴지던?"

"예. 솔직히 말하면요."

"어떤 내용인지 아니?"

"저는 읽지 않았지만 조금은요. 아빠가 그 책을 쓰고 나서 무엇을 힘들어하는지도 알고요. 그래서 엄마한테도 물어봤어요."

"그래서 엄마가 얘길 해주고?"

"그냥 조금만 이야기를 했어요. 책을 내고 나서 아빠가 그 책을 할아버지와 할머니가 보시면 어떡하나 마음속으로 걱정하고 있다고요."

"엄마는 아빠한테 그런 얘기를 안 하던데."

"제가 얘기를 했거든요. 저한테 그런 얘기를 했다고 말하지 말라고요."

"그런 얘기를 넌 지금 아빠한테 하고."

"전 지금 아빠하고 길을 걷고 있잖아요."

"그래. 아빠가 그래서 너희들도 힘들게 했던 거야. 아빠를 가까이서 바라보는 너까지도 말이지."

"아빠."

"응."

"아까 아빠가 그러셨잖아요. 아빠는 글을 쓸 때 여기 나무들을 생각한다고요. 그리고 아빠 글을 읽을 사람보다 먼저 아빠 책을 위해 베일 나무들에게 부끄럽지 않은 글을 써야겠다고요."

"괜찮아. 그렇게 말하지 않고 네가 하고 싶은 말을 바로 해도 돼. 우리는 지금 나무가 서 있는 푸른 길을 걷고 있으니까."

"어떻게 하면 아빠가 기운을 낼 수 있을까를 생각하고 있었어요."

"아빠가 기운이 없어 보이니?"

"그런 건 아니고요."

"그럼?"

"아빠는 그 글을 쓸 때 할아버지나 할머니 말고 나무들에겐 부끄럽지 않았지요?"

"그래. 할아버지나 할머니한테도 그런 글을 썼던 게 부끄러웠던 건 아니란다. 그냥 마음속으로 많이 죄스러웠던 거지. 아빠 어린 날 어른들 이야기를 했으니까."

"저도 학교에서 선생님한테 그런 말을 들었어요. 아빠가 쓴 글이 아빠 어릴 때의 얘긴데 할아버지가 할머니를 가슴 아프게 한 이야기라고요. 선생님이 교실에서, 아이들이 많은 데서 그 말을 해 저도 조금은 부끄러웠거든요."

"그 얘긴 엄마한테 들었다."

"그렇지만 아빠 마음이 힘들어도 아빠가 쓴 글이 여기 나무들에게 부끄러운 글인 것은 아니잖아요. 아빠는 글을 쓸 때 아빠 글을 읽는 사람보다 나무들에게 부끄럽지 않은 글을 쓰겠다고 했고요."

"아빠가 쓴 글 속엔 이야길 해도 네가 아직 이해하지 못하는 부분이 많아."

"알아요. 아빠가 쓰는 글은 어른을 위한 글이라는 것도요."

"상우야."

"예, 아빠."

"금방 그런 생각이 들었는데 우리 이번 굽이의 남은 길하고 다음 굽이는 서로 아무 말도 하지 않고 걸어보면 어떨까?"

"제가 아빠 책 얘기를 하는 게 싫어서 그러시나요?"

"아니, 꼭 그런 건 아니란다."

"그럼요?"

"어린 아들한테 그런 위로까지 받는 게 좋은 일인 건 아니거든."

"전 아빠 아들이잖아요."

"네가 아빠처럼 어른인 아들인 게 아니라 아직은 아이인 아들이니까 그런 거지."

"그럼 어떻게 걸으면 되는데요?"

"그냥 아무 말도 하지 않고, 서로 부르지도 말고 그냥 걷기만 하는 거야."

"좋아요. 아빠가 그러고 싶으시면……."

"그럼 지금부터 아무 말도 하지 않는 거다. 이 굽이하고 다음 굽이가 끝날 때까지."

"예."

"……."

"그런데, 아빠."

"……?"

"알았어요. 말 안 할게요."

"……."

"말 안 하고 그냥 걸을게요. 그런데 이 굽이는 참 길어요."

"……."

"알았어요. 이제 정말 말 안 하고 걸을게요."

"……."

"……."

푸른 나무들에 대하여

"다 왔어요, 아빠."

"……."

"이젠 말해도 되죠?"

"힘들었니?"

"예."

"뭐가 힘들었는데?"

"긴 굽이를 아무 말도 안 하고 걸으니까 괜히 더 힘들었어요. 그래서 아빠 발하고 내 발을 보면서 걸었어요."

"그것만 보고?"

"아뇨, 옆에 산도 보고 아래 산도 보고 하늘도 보고 나무도 보고요."

"참, 아까 뭘 물으려고 했지?"

"어떤 나무요."

"책 얘기가 아니고?"

"그 얘긴 지금 안 할 거예요."

"아니, 해도 돼. 네가 하고 싶으면 무슨 얘기든 다."

"아뇨. 가다가 다시 생각나면 할 거예요. 아깐 그냥 나무에 대해서 물으려고 했어요. 잎이 큰 나무였는데…… 가다가 또 보이면 알려드릴게요. 그런데 또 있을는지 모르겠어요."

"여기 나무는 위쪽에 있으면 아래쪽에도 있어. 그런데 너, 저 나무는 무슨 나문지 알겠니?"

"어느 나무요?"

"저기 껍질이 하얗게 벗겨지는 나무 말이야."

"제가 어떻게 알아요? 저는 아는 나무가 하나도 없는데."

"왜 하나도 없어? 저 나무도 몰라?"

"그건 알지요. 소나무잖아요."

"그럼 저건?"

"그것도 알고요. 아카시아 나무."

"그럼 저기 저건?"

"모르겠어요."

"그럼 이건?"

"모르겠어요."

"그래도 물은 것 중 두 개는 알고 있잖니. 소나무하고 아카시아 나무하고. 그리고 네가 미처 생각을 못 해서 그렇지 아마 네가 아는 나무도 꽤 많을 거다. 단풍나무도 알 테고, 할아버지 댁에 있는 대추나무, 밤나무, 감나무, 사과나무, 배나무도 알 테고."

"그렇지만 그런 것도 열매가 달려 있을 때만 알아요."

"그래. 나무도 그렇지만 모든 걸 한꺼번에 다 아는 건 아니야. 하나하나 보고 배우고 익히며 아는 거지."

"그런데 아빠가 조금 전 먼저 물었던 건 무슨 나무예요? 껍질이 하얗게 벗겨지는 나무요."

"그게 바로 자작나무란다."

"자작나무요? 이름은 들어봤는데."

"눈여겨 안 봐서 그렇지 그것도 보기는 여러 번 봤을 거야. 저기 대관령 꼭대기에서부터 저쪽으로 몇 킬로미터쯤 가로수로 심은 나무가 바로 저 나무니까. 백두산에도 저 나무가 많다고 그랬고."

"백두산에도요?"

"그래. 누가 그러는데 흰 자작나무의 바다라고 그러더라. 잘 봐라. 처음 겉껍질은 붉은데 그 얇고 붉은 겉껍질이 벗겨지면 다시 새하얀 겉껍질이 나오는 거야. 그래서 나무줄기가 희끗희끗하게 보이는 거고. 너, 저 나무로 무얼 했는지 아니?"

"모르겠어요. 나무도 몰랐는데 그걸 어떻게 알아요."

"너 〈천마도〉라고 아니? 경주 천마총에서 나온 날개 달린 말 그림 말이야. 금방 하늘로 날아올라갈 것처럼 뛰어오르는."

"아, 그거요? 알아요. 우리 사회책에도 사진이 나오거든요."

"그 그림이 바로 저 자작자무 껍질에 그린 것이야. 그리고 사람이 종이를 발명하기 전에 쓴 오래된 경전들도 자작나무 껍질에 쓴 것들이고. 너 경전이 무슨 뜻인지는 알지?"

"알아요. 부처님 말씀을 적은 글이잖아요."

"그래. 자작나무는 나무만 단단한 게 아니라 껍질도 썩지 않고 오래가니까."

"아, 그런 나무였구나. 보기엔 그냥 보통 나무 같았는데."

"사람도 저마다 쓰임새가 있듯 나무도 다 저마다 쓰임새가 있는 거란다. 집을 만드는 데 쓰는 나무, 책을 만드는 데 쓰는 나무, 가구를 만드는 데 쓰는 나무, 바람을 막는 데 쓰는 나무, 그런 식으로."

"그럼 그 나무 다음으로 아빠가 물었던 건요?"

"그건 떡갈나무야. 도토리 열매가 달리는. 그래서 잎이 밤나무하고 비슷하단다."

“아, 도토리나무가 그렇게 생겼구나.”

“그다음 아빠가 물었던 건 상수리나무고. 그 나무도 잎이 떡갈나무와 비슷하게 생겼는데 잎이 더 넓고 크단다. 아빠 어릴 때 그 갈잎이나 상수리나무 잎으로 무얼 만들었는지 아니?”

“무얼 만들었는데요?”

“산에 소를 먹이러 다니면서 갈잎이나 상수리나무 잎을 뜯어 갈잎 모자를 만들어 썼단다. 베트남 사람들이 쓰는 삿갓같이 생긴 모자를 갈잎으로 말이지.”

“아, 전에 우리 아파트 뒤 신향산에 가서 만들어준 그 모자요?”

“그래. 그게 바로 갈잎 모자야.”

“내가 그걸 쓰고 산에서 내려오니까 아이들이 다 부러워했는데.”

“모내기할 때에도 햇볕이 따가우면 그걸 만들어 쓰고.”

“하하. 재미있었겠다.”

“너, 그럼 아빠 책상은 무슨 나무로 만들었는지 아니?”

“알아요. 물푸레나무요. 그래서 아빠가 늘 자랑하잖아요. 아빠 책상이 물푸레나무로 만든 거라고. 그렇지만 살아 있는 물푸레나무는 보지 못했어요.”

“그럼, 잘 봐라. 저기 저 나무가 물푸레나무니까. 아파트 앞 화단에 심은 후박나무처럼 잎이 넓은 게. 그리고 줄기는 회색

바탕에 버짐이 옮은 것처럼 희끗희끗하고."

"아, 저 나무구나. 그런데 저 나무는 어른 팔뚝보다 조금 더 굵잖아요. 그런데 어떻게 책상을 만들 수 있어요? 어, 그런데 또 한 굽이를 돌았어요, 아빠."

물푸레나무 회초리와 물푸레나무 책상

"그러니까 잘 말린 다음 원목가구처럼 조각조각 떨어지지 않게 잘 붙여서 만드는 거지. 아빠가 제일 좋아하는 들풀이 미나리아재비 꽃이고, 또 아빠가 제일 좋아하는 나무가 바로 저 물푸레나무거든. 또 마음속으로 제일 무서워하고 어려워하는 나무도 물푸레나무고."

"엄마 책상도 물푸레나무로 만든 거지요?"

"그래."

"그런데 물푸레나무를 왜 제일 무서워하고 어려워하는데요?"

"상우야."

"예."

"넌 아빠한테 언제 맞아보았니? 아주 혼날 만큼."

"작년 여름에요. 아빠가 종아리를 때려 일주일 동안 반바지를 못 입고 다녔잖아요."

"왜 맞았는지도 기억하니?"

"예."

"왜 맞았는데?"

"무적을 데리고 나갔다가 전화도 안 하고 늦게 집에 들어왔어요."

"그냥 집에 늦게 들어왔다고 아빠가 때렸니?"

"어디 나갔다가 여섯시까지는 집에 들어오기로 했는데, 그 약속을 어겼어요."

"처음 어긴 약속도 아니었지?"

"아빠가 그러셨어요. 삼 일 동안 연거푸 세 번이나 같은 약속을 하고도 또 그 약속을 어겼다고."

"무얼로 맞았는지도 기억하니?"

"예. 싸리나무 회초리요."

"그러고 나선?"

"안 맞았어요."

"그래. 너도 잘했을 거고, 아빠도 참았을 때가 많았을 거다."

"알아요. 평소에도 아빠가 많이 참으신다는 거. 회초리를 가져오라고 한 다음에도 참는 것도 알고요."

"네가 말로 해도 들을 거라고 생각하기 때문에 참는 거란다. 전에 매를 댔을 때에도 아빠가 그냥 화가 나서 때린 게 아니라 잘못을 했을 때 그 벌로 아픈 것도 알아야 할 것 같아서 매를 댄 거고."

"그날 밤, 아빠가 제 다리를 어루만져주고, 약을 발라주고 한 것도 알아요. 그렇지만 안 일어났어요."

"왜 안 일어났는데?"

"일어나면 큰 소리로 울게 될 것 같아서요. 그러면 아빠 엄마도 마음이 더 아프실 거고, 그래서 억지로 참으면서 안 일어났어요."

"아빠도 네가 잠이 깼다는 걸 알고 있었어. 그렇지만 네가 잠이 든 것처럼 다리를 만져주고 약을 발라주고 했던 거지. 그러면서 일어나지 않고 가만히 누워 있는 네가 다 컸다는 생각도 했고."

"가만히 누워 있었는데도요?"

"그래. 네가 일어나지 않은 건 네 몸이 아픈데도 아빠 마음이 더 아파지지 않을까 하는 생각을 먼저 하고 누워 있는 거니까. 그건 네가 아빠의 마음을 배려했다는 뜻이란다. 무적은 아직 그걸 모르지만 무적도 언젠가는 그걸 알게 될 거야. 꼭 가족뿐 아니라 세상을 살아가며 어쩌면 가장 중요한 게 다른 사람에 대한 그런 작은 배려들인지도 몰라. 그래서 아빠는 네가 다 컸다고 생각한 거야. 널 때리고 나서. 그리고 오늘 네가 아빠에게 책 이야기와 할아버지 이야기를 해서 더욱 컸다는 생각을 하게 됐고."

"그렇지만 아빠는 그 얘기를 하는 걸 싫어하시잖아요."

"싫어서 그러는 것만은 아니야."

"알아요."

"넌 또 가다가 다시 생각나면 그 이야기를 한다고 그랬고."

"그런데 아빠는 물푸레나무를 왜 가장 무서워하는데요?"

"네가 보기에 아빠는 어릴 때 할아버지한테 많이 맞은 것 같니, 안 맞은 것 같니?"

"안 맞았을 것 같아요, 아빠는."

"왜 그런 생각을 하는데?"

"아빠는 어릴 때에도 맞을 일을 안 했을 것 같고, 또 할아버지도 안 때렸을 것 같고요."

"그런데 아빠도 어릴 때 가끔은 맞으면서 컸어. 큰아빠도 작은아빠도."

"아빠들은 어떤 잘못을 했는데요?"

"할아버지께선 핑계를 대고 거짓말을 하는 것과 형제간에 다

투는 걸 가장 참지 못하셨거든. 그래서 맞을 때에도 형제들이 단체로 많이 맞고. 그때 맞은 회초리가 바로 물푸레나무란다."

"아까 그 나무요?"

"그래. 그 나무는 가는 가지는 회초리로 쓰고, 조금 더 굵어지면 도리깨 머슴으로 쓰고, 더 굵어지면 도끼 자루로 쓰는 나무거든. 그만큼 단단하고 탄력이 강해 잘 부러지지도 않으니까. 그러다 더 굵어지면 아빠 책상처럼 아주 드물게는 가구로 만들어 쓰기도 하고. 그래서 아빠 책상이 다른 사람들 책상보다 두 배는 더 무거운 거야. 나무가 그만큼 단단하니까."

"그런데 도리깨 머슴이라는 건 뭐예요?"

"도리깨가 뭔지는 알지?"

"잘 모르겠어요."

"가을에 타작할 때 마당에 곡식을 깔아놓고 공중에서 빙빙 돌리며 내려치는 거 말이다."

"아, 할아버지 댁에서 봤어요. 긴 자루 끝에 헬리콥터 날개 같은 게 달려 있는 거요."

"그래. 그 자루 끝에 엄지손가락 굵기만 한 나뭇가지 몇 개를 대는데, 그게 바로 도리깨 머슴이란다. 재미있지 않니? 도리깨 머슴이라는 말. 도리깨 날개라고 부르지 않고 곡식을 터니까 일하는 머슴이라고 부르는 게."

"재미있어요. 그런데 그런 나무로 맞았으면 무척 아팠겠어요."

"그럼, 아프다마다. 한 대만 맞아도 종아리에 피가 탁탁 튀었으니까. 할아버지는 매를 대실 때 꼭 회초리를 우리 손으로 만들어 오라고 시키셨어. 그러면 우리는 집 앞 밭둑으로 나가 그 나무를 꺾어 다듬어 오고. 형제가 같이 낫을 들고 밭둑으로 나가 회초리를 만들다 보면 우리가 왜 싸웠는지, 그게 싸울 만한 일이었는지 아닌지 반성하게 되고. 어떤 일로 잘못을 하고, 또 어떤 일로 싸웠든 형제가 함께 회초리를 만드는 동안엔 서로 얼굴만 마주 봐도 저절로 부끄러운 생각이 드니까. 회초리를 만들 때에도 자기 것은 굵은 것으로 만들고 동생 것은 일부러 작은 걸로 만들어주고 말이지. 조금 전 싸우고 다투긴 했어도 내가 아프게 맞는 건 견딜 수 있지만 동생이 아프게 맞는 건 안타까우니까."

"그건 저도 그래요. 무적이 무슨 잘못을 해서 맞는다면 제가 대신 맞고 싶어질 거예요."

"할아버지도 그럴 때마다 늘 때리신 건 아니란다. 회초리를 만들어 오는 것도 이미 여러 가지를 느끼게 하는 큰 벌이니까. 할아버지께선 우리에게 직접 회초리를 만들어 오게 함으로써 다시 형제간에 우애를 생각하게 하고, 또 그동안 우리가 무얼 잘못했는지 반성하게 하고, 또 참는 걸 가르치신 거야. 상빈이하고 너하고도 그렇지만 형제간의 다툼이라는 건 서로 조금만 참고 양보하면 싸울 일이 거의 없거든. 그러다 그 회초리를 만들어 오는 횟수가 늘면 그땐 정말 매를 대시고. 그런데 상우야."

"예."

"넌 어른들이 안 들어도 될 매를 든다고 생각해본 적은 없니?"

"아빠는 거의 매를 들지 않잖아요. 작년 여름 이후엔 아빠한테 매를 맞은 적도 없고요."

"그럼 그때 매를 맞을 때라도 말이다."

"맞을 땐 그런 생각이 들지요. 안 맞았으면 좋겠다는. 아빠도 그랬어요?"

"그래. 아빠도 어릴 때 그런 생각을 했단다. 그런데 어른이 되고 나니 조금 생각이 달라지는 거야."

"어떻게 달라지는데요?"

"가끔은 그런 매들이 아빠를 바르게 키워온 게 아닐까 하는 생각도 하게 되는데, 한 번만 더 깊이 생각하면 매에 대한 그런 생각이야말로 어른들의 잘못된 생각일 수도 있는 거거든. 작년에 아빠가 널 몹시 때린 다음 그런 생각을 했단다. 어른들이 꼭 매를 대야만 아이를 바르게 키울 수 있다면, 또 아빠가 매를 대는 것만이 너희를 바르게 키우는 것이라면, 맞을 일을 하지 않아도 억지로 이유를 만들어서라도 매를 대야 한다는 소리와 무엇이 다를까 하고. 그래서 아빠는 다시 너희들에게 매를 대지 않기로 했던 거야."

"그래도 회초리를 가져오라고는 말씀하시잖아요."

"그건 그냥 겁을 주기 위해 그러는 것만은 아니란다. 맞지 않더라도 맞은 것만큼 아픔을 느끼고 반성하라는 뜻이지. 옛날에 할아버지께서 회초리를 만들어 오라고만 시키고 때리지 않으셨듯."

"그래서 일부러 그 회초리 나무로 책상을 만드신 건가요?"

"그래. 그건 그냥 물푸레나무가 아니라 아빠가 어릴 때 회초리로 맞던 물푸레나무로 만든 거니까. 옛날 회초리로 쓰던 나무들이 아빠 허벅지만큼 굵어진 걸 할아버지께서 하나하나 베어서 물에 잘 불려 말린 다음 아빠가 글을 쓰는 사람이 되었으니까 아빠 책상을 짜 쓰라고 서울로 보내주신 거란다. 어떤 사람은 아빠가 남들처럼 그냥 책상을 쓰지 않고 일부러 고향에서 가져온 나무로 만든 책상을 쓰니까 그런 것도 일종의 정신적 사치라고 말하는데 아빠는 절대 그렇게 생각하지 않는다.

더러 그 나무로 가구를 짜 쓰기도 하지만 할아버지께서 아빠한테 특별히 그 나무를 보내주신 건 그 물푸레나무 회초리로 종아리를 맞으며 공부하던 어린 때를 생각하며 글을 쓰라고 일부러 보내주신 걸 거야. 그러니까 할아버지는 지금도 아빠가 글을 쓸 때 큰 물푸레나무 회초리를 들고 계신 거나 마찬가진 거야. 아주 단단한 나무로 짠 책상이니까 이다음 너한테 물려줄 수도 있고 말이지."

"그럼 이다음 그걸 저한테 물려주실 건가요?"

"물론이지. 아마 그 책상은 앞으로 백 년은 더 쓸 수 있을 거다. 그래서 이다음 너는 또 네 아들에게 물려줄 수 있을 테고."

"그럼 무적은요?"

"무적한테도 그렇게 물려줄 물건이 있을 거야. 어떤 물건이든 그것이 값나가고 값나가지 않고 하는 게 중요한 게 아니라 거기에 어떤 의미가 있는가 하는 게 중요한 거니까. 어른들이 쓰는 물건을 이어받는다는 건 참으로 여러 가지 뜻이 있는 거란다."

"정말 그런 나무로 만든 책상인지 몰랐어요. 아빠는 그 회초리 나무가 무서워서라도 글을 잘 써야겠어요."

"아빠도 책상에 앉을 땐 늘 그 생각을 먼저 한단다. 이건 보통 나무로 만든 책상이 아니다. 어릴 때 내가 잘못했을 때 종아리를 때리던 회초리 나무로 만든 책상이다, 하고 말이지. 그러면서 그 책상에 앉아 내가 쓰는 글에 몸을 바칠 여기 대관령의 푸른 나무들을 생각하고."

"엄마 책상도 그 나문가요?"

"그래. 아빠 책상을 만들고 남은 나무와 다른 데서 구한 물푸레나무를 섞어서 만든 거란다. 책상 상판은 강릉에서 가져온 그 나무고."

"아빠."

"응."

"나는 엄마가 엄마 책상을 가지고 있는 게 참 좋아요."

"아빠도 그렇게 생각한다. 엄마가 늘 공부를 하지 않더라도 엄마 몫의 책상에 앉아 책을 읽고, 편지를 쓰고, 차를 마시며 무얼 생각하는 게 좋아 보이고."

"친구들 집에 가도 엄마 책상이 없는 집이 더 많아요. 아뇨, 거의 다 없는 것 같아요."

"아빠도 그 점이 참 안타깝단다. 그래서 아빠가 전에 어느 잡지엔가 그런 글을 쓴 적도 있고."

"어떤 글인데요, 아빠."

"여자는 결혼을 하면서 참으로 많은 준비를 한다고. 장롱도 사고, 냉장고도 사고, 세탁기도 사고, 식탁도 사고, 전자레인지 가스레인지도 새것으로 사고, 텔레비전도 사고, 비디오 오디오도 사고, 거실에 놓을 커다란 장식장도 사고, 침대도 큰 것으로 새로 사고…… 그런데 그렇게 많은 것을 새로 장만하면서 결혼하는데도 결혼하기 전에 쓰던 아주 귀한 물건 하나를 너무도 쉽게 잃어버리고 마는데 그게 바로 책상이거든. 처녀 때 쓰던 책상을 결혼하면서는 짐이 된다고, 놓을 데가 없다고, 또 앞으로 쓸 일이 없다고 조카에게 주고 오거나 동생에게 주고 시집을 가는 거야. 전에 어떤 집에 갔는데 엄마가 학교 선생님인데도 그 집에 엄마 책상이 없더구나. 다른 물건들은 다 있는데 말이지. 아빠 눈엔 그게 참 이상하게 보였단다."

"전 엄마 아빠 아들이잖아요. 아들이 듣기에도 엄마 책상이라는 말이 참 좋은데."

"아빠도 같은 생각을 하거든. 집이 좁고, 방이 좁다면 작은 앉은뱅이 책상이라도 '아내 책상', 혹은 '엄마 책상'을 가져야 한다고 생각해. 아빠가 다른 가구보다 책상을 중요하게 여기는 건 아빠가 꼭 글을 쓰는 사람이라서만은 아니야. 책상에 앉아 생각하고, 책상에 앉아 편지를 쓰고, 책상에 앉아 가계부를 쓰고, 책상에 앉아 차를 마시면 거기에 앉는 사람의 생각부터 달라질지 몰라. 또 책상 위에서 할 일이 무엇인지 생각나게도 될 테고. 또 엄마에 대한 아빠의 생각도 달라질 수가 있고, 또 엄마에 대한 너희들의 생각도 달라질 수가 있고 말이지. 아빠는 그렇게 생각한다. 한 가정에서 아내나 엄마의 또 다른 자리는 책상에서 나온다고. 어쩌면 한 집안에서 엄마의 가장 기본적인 권리가 바로 그 책상 위에서 나오는 것인지 몰라. 책상이 있는 엄마와 책상이 없는 엄마를 생각해보면 그렇지 않겠니?"

"그럼 엄마 아빠가 결혼할 때 할아버지께서 그 나무를 보내주셨나요?"

"아니. 결혼해서 처음 작은 방 하나에서 살 땐 엄마가 작은 앉은뱅이책상을 썼어. 그러다 두 칸짜리 방으로 옮기고, 또 세 칸짜리 집을 장만해 이사할 때 할아버지께서 그 나무를 보내주신 거야."

"저는 할아버지가 참 존경스러워요. 엄마에게 일부러 그런 책상을 마련해준 아빠도 존경스럽고요."

"그래. 아빠도 할아버지가 참 존경스럽다. 그래서 어떤 때는 그게 늘 어렵기도 하고. 너도 이다음 결혼할 땐 꼭 네 아내 책상을 만들어줘야 하는 거야. 그건 아빠가 네가 그렇게 하지 않아도 꼭 그렇게 하라고 시킬 거니까."

"하하. 저는 아직 어린이잖아요. 그런데 제가 어떻게 결혼을 해요?"

"이다음 어른이 되면 말이지. 그렇지만 아주 까마득한 일도 아니란다. 너 지금 몇 살이지?"

"열세 살요."

"그러면 빠르면 네가 살아온 날 만큼만 더 살면 결혼할 수도 있는 거지."

"하하. 우스워요, 그런 얘기를 하니까."

"그렇지만 사는 게 우스운 일은 아니지. 단지 우리는 네 앞날을 조금 일찍 이야기한 것뿐이지."

"아빠는 서울에 있어도 늘 고향을 생각하는 것 같아요."

"이다음 너도 그렇게 될 거야. 아빠처럼 어른이 되면 저절로 네가 태어난 대관령 너머 이곳을 생각하게 될 거고."

"전 그런 아빠의 모습이 참 좋아요. 여름이면 할머니가 지어주신 모시옷을 입고 책상에 앉아 있는 모습도 참 좋아 보이고요. 모시옷은 보기만 해도 시원해 보이거든요."

"할머니가 손수 지어주신 거라서 더 시원한 거지. 너희들이 밖에서 사 먹는 음식보다 엄마가 지어주는 음식을 더 맛있게 여기듯 말이지."

"할머니가 오래오래 사셔서 아빠 옷을 늘 그렇게 지어주셨으면 좋겠어요."

"아빠도 그렇게 생각한다. 할아버지 할머니 두 분 다 오래오래 사셔서……."

"그런데 지금도 아빠는 할아버지 댁으로 가는 마음이 어려운 거죠?"

"그래. 조금은. 어렵다기보다 무겁기도 하고……."

"알아요, 아빠."

열넷, 열다섯 굽이를 돌며

집안의 역사에 대하여

"그런데 더워요, 아빠."

"그래, 아빠도 덥다. 이제 조금씩 다리도 아파오고."

"이제 꽤 많이 내려왔죠?"

"삼분의 일쯤 왔을 거다."

"아까 아빠가 오면서 이 길의 역사에 대한 이야기를 했잖아요?"

"그래."

"그럼 이번엔 우리 집안의 역사에 대한 이야기를 해주세요. 어떤 훌륭한 조상이 있었는지도 말씀해주시고요."

"그런 얘기는 아직 한 번도 하지 않았지?"

"예. 저도 묻지 않았고, 아빠도 하지 않으셨고요. 할아버지 댁에 모였을 때 할아버지와 아빠들이 하는 얘기는 많이 들었어요. 그렇지만 자세히 듣지는 않아 잘 모르겠어요."

"목적이라면 이상하지만 이번 할아버지 댁에 가는 것 중에 가장 큰 일이 무엇 때문인지 너도 알지?"

"알아요, 그건. 우리 집안의 족보를 가지러 가는 거잖아요. 할아버지께서 저한테 전화로 그러셨어요. 이번 토요일에 아빠하고 상빈이 데리고 족보를 가지러 오너라 하고요."

"그래. 이번에 새로 족보가 나왔다. '상우, 상빈' 하고 네 이름과 무적 이름까지도 나온."

"그럼 전에는 우리 이름이 안 나왔나요?"

"어느 집안이나 족보는 보통 20년이나 30년마다 한 번씩 새로 만드는 거야. 그러니까 먼젓번 것엔 아빠들 이름만 나왔던 거고. 너 족보가 뭔지는 알지?"

"알아요. 누가 누구 아들이고, 또 누가 누구 아들이고 그런 걸 죽 써내려온 거잖아요. 그러니까 우리 할아버지는 누구고, 또 그 할아버지의 할아버지는 누구고 하는 거요."

"그렇지만 단순히 그런 것만은 아니지. 한 핏줄을 가진 후손들이 자기 가문의 조상을 존경하고, 집안의 핏줄을 이어가고, 또 같은 조상의 자손으로서 화목과 단결을 목적으로 펴내는 것인데 때로는 그것 때문에 자기 조상을 터무니없이 잘난 것처럼 만들거나, 없는 조상을 일부러 큰 조상처럼 만들어 넣은 경우도 많았단다. 그래서 옛날엔 돈으로 족보를 산다는 말도 있었고."

"그런 얘기는 들었어요."

"그렇지만 족보라는 것이 한 집안의 핏줄에 대한 기록만이 아니라 그 기록을 통하여 조상의 업적을 배우고, 같은 집안끼리 서로 돕고 협동하고, 또 훌륭한 조상을 생각하며 후손들을 바른 길로 이끌게 한다는 점에서 아빠는 지금도 사회적으로 그 역할이 중요하다고 생각한다. 아무리 우리가 세계로 나가고, 또 우주로 나가는 시대라고 해도 말이지. 단순히 옛날 자기 조상 자랑과 가문 자랑을 하기 위해 만든 것이 아니라."

"그럼 우리 조상 중엔 어떤 분이 계시나요?"

"너 그런 시조를 아니?"

"어떤 시조요?"

"아빠가 외워볼 테니 들어봐라.

이화에 월백하고 은한이 삼경인 제
일지춘심을 자규야 알랴마는
다정도 병인 양하여 잠 못 들어 하노라.

하는 그런 시조 말이다."

"잘 모르겠어요. 이 몸이 죽고 죽어, 하는 정몽주 시조와 태산이 높다 한들 하늘 아래 뫼이로다, 하는 양사언 시조는 아는데."

"그래. 그 시조들은 국민학교 책에 나오고……."

"아빠."

"응."

"국민학교가 아니라 이제 초등학교예요."

"그래 초등학교. 네가 말한 그 시조들은 초등학교 책에 나오고 아빠가 말한 시조는 중학교 책이나 고등학교 책에 나오는 거니까. 그 시조를 지으신 고려 말의 큰 학자이신 매운당 문열공 이조년 선생님도 우리 조상이시고, 가깝게는 너한테 직계로 9대조 되시는 할아버지께서 정조 임금 때 공조 참의와 대사성을 지내셨단다."

"공조참의와 대사성은 어떤 것인데요?"

"공조는 조선시대 때 산의 나무라든가 공장, 가옥, 궁성, 그 밖에 큰 공사나 교통, 철재, 목재 등, 지금으로 말하면 나라의 농업과 공업, 상업 등을 관장하던 중앙관청이란다. 참의는 그런 중앙관청의 으뜸자리인 판서, 참판, 다음으로 큰 책임을 지던 자리이고. 또 대사성은 조선시대 때 유학을 관장하던 성균관의 실질적인 책임자를 부르던 말인데, 그러니까 학문도 매우 뛰어나야 하고 또 전국 각지의 선비들로부터 큰 존경을 받던 큰 학자들이 임명되던 자리였어. 그런 자리에 우리 할아버님께서 계셨던 거야."

"할아버지 댁 사당에 있는 할아버지 말이지요?"

"그래. 거기 모신 영정을 자세히 보면 그 할아버님의 한쪽 귀가 없는데 너 그거 아니?"

"왜요? 전에 얼핏 아빠들이 하는 얘기는 들었는데."

"그 할아버님이 대사성으로 계실 때 어떤 사람으로부터 귀에 담아서는 안 될 옳지 못한 말을 들은 다음 스스로 귀가 더러워졌다고 생각해 귀를 자르신 거야."

"이 귀를요?"

"그래. 그래서 그때 다들 한자로 그 할아버님을 단이공(斷耳公)이라고 부르셨단다. 단 자가 무얼 자른다는 뜻이고, 이 자가 귀라는 뜻이거든. 얼굴을 가리켜 이목구비라고 말할 때 그 이 자가."

"알아요, 그건. 눈높이 한자를 할 때 배웠어요. 그렇지만 어떻게 자기 귀를 잘라요? 아프게……."

"옛날이야기에도 좋지 못한 말이나 옳지 못한 말을 들었을 때 귀를 씻는 일은 많았단다."

"씻는 것과 자르는 건 다르잖아요. 어떤 얘기를 들었는데요?"

"그건 그 할아버님만 아시는 얘기지. 귀를 자를 땐 누가 물어도 그 말을 절대 옮기지 않겠다는 뜻도 함께 마음속에 다지는 거니까. 또 귀를 자르는 건 일편단심의 표현이기도 하고."

"이번에 가면 영정 그림을 다시 자세히 봐야겠어요."

"그런데 그 할아버님이 어떻게 돌아가셨는지 아니?"

"어떻게 돌아가셨는데요?"

"옥에서 돌아가셨단다."

"왜요?"

"그때는 당파싸움이 아주 심했거든. 노론과 남인이 싸우고, 또 노론 안에서도 벽파와 시파로 나뉘어 싸우고. 조선 22대 정조 임금 6년 때의 일인데, 그때 할아버님이 옥사를 할 때 역사에 보면 임금의 명으로 이곳 강원도가 원춘도로 바뀌었단다. 그러니까 지금으로부터 215년 전쯤인 1782년에."

"왜요?"

"강원도라는 말이 강릉과 원주가 있는 곳이란 뜻인 줄은 알지?"

"예. 충청도는 충주하고 청주가 있는 고을이고요."

"할아버님이 역신으로 몰려 옥사한 다음 그런 역신이 태어난 강릉의 이름을 도의 이름에 붙일 수 없다 해서 강원도의 이름도 원주와 춘천을 넣어 원춘도로 바꾼 거야. 그리고 당시 강릉을 큰 고을이란 뜻에서 강릉대도호부라 불렀는데 그것도 강릉현으로 강등되고. 그러니까 지금으로 말하면 강릉광역시에서 강릉면으로 말이지."

"그럼 우리 할아버지가 역적이란 말예요?"

"왜? 놀랐니?"

"그럼 아빠는 안 놀라요?"

"물론 놀랍기는 하지. 그런데 너한테는 뭐가 가장 놀라운데?"

"우리 할아버지가 역적으로 옥에서 죽었다는 게 놀랍잖아요. 나는 그런 거 하나도 모르고 우리 조상은 다 훌륭한 충신들만 있는 줄 알았는데. 또 그 할아버지는 많은 선비들한테 존경받던 큰 학자였다면서요."

"조선시대 때 당파싸움의 희생자 중 열에 여덟 명은 억울하게 옥살이를 하거나 억울하게 목숨을 잃은 사람들이란다. 할아버님은 그로부터 꼭 백 년 후에 억울함이 밝혀져 명예가 회복되어 살아계실 때 쓰셨던 문집들도 발간되고. 그 문집이 바로 조선시대 후기의 당쟁, 이걸 당파싸움이라고 하는데 그 당쟁 연구의 중요한 자료가 되고 있는『자호재문집』이란다. 자호재는 할아버님의 호이고. 그 문집에는 임금께 올리는 상소에 인재를 뽑는 과거제도에 가문이나 당파를 둘러싼 부정이 저질러지고 있어 이것을 바로잡아 제대로 인재를 뽑아야 한다는 점과 또 죄를 지었든 짓지 않았든 우선 심한 형벌로 자백부터 받고 보는 것에 대해 죄를 다스리는 법을 개혁해 함부로 벌주는 일을 엄격하게 하여 덕치국가를 이루어나가야 한다는 내용이 들어 있단다."

"강원도는요?"

"꼭 십 년 만에 다시 강원도라는 이름으로 고쳐졌다. 강릉현도 다시 강릉대도호부로 고쳐지고."

"나중에 밝혀지면 뭐 해요? 이미 그때 집안이 다 망했을 텐데."

"그렇지만 후에 자손들이 벼슬길에 나서지 못하고 죽은 듯이 숨어 지내긴 했어도 그래도 망하지 않고 그 할아버지와 할아버지의 아들이 함께 죽은 다음 살아남은 집안사람 가운데 가까운 누군가 몰래 그 할아버지의 양자 아들로 들어오고, 또 그 양자 할아버지가 아들을 낳고 또 그 아들이 아들을 낳아 대대로 가문을 지켜 내려오는 게 한 집안의 역사야. 그 역사를 적은 게 바로 오늘 우리가 가지러 내려가는 족보고. 그걸 보면 우리 조상의 숨결이 어떠했는가를 알 수 있는 거야. 그런데 그 할아버님은 아들과 함께 죽음을 맞이하면서도 스스로 귀를 자르실 때 들은 말에 대해서는 끝까지 입을 다무셨단다. 어쩌면 그것을 밝힘으로써 자신의 억울함을 밝힐 수 있었을지도 모르는데 말이지."

"그러고 보면 옛날 할아버지들은 참 대단해요. 죽음도 두려워하지 않고."

"그래. 그게 바로 당파싸움 속에서도 나라를 흔들리게 하지 않은 선비 정신인지도 몰라. 스스로 귀를 자를 때 한 자기와의 약속을 지키고, 또 다른 사람의 말에 대해 목숨을 내걸고서라도 굳게 입을 다물고. 어쩌면 그 할아버님은 죽음을 맞이하는 순간에도 가문을 생각하고 후손을 생각하셨던 것인지 몰라."

"어떻게요? 말하지 않아 대를 이어갈 아들도 함께 죽었다면서요."

"만약 말을 했다면 살아남았어도 할아버지는 '귀를 자르고도 입을 연 사람'으로 불릴 테고, 또 집안도 '귀를 자르고도 입을 연 사람의 집안'으로 불렸을 거다. 옛날 선비들은 그런 걸 목숨보다 더 중요하게 여겼던 거야. 그런데 오늘날의 사람들을 봐라. 많은 사람들이 저만 살고 저만 잘되겠다고 없는 말까지 만들어가며 남을 해치고, 또 다른 사람이 잘되는 걸 보면 어떻게든 말을 만들어 시기하고 질투하지 않더냐. 일부러 꾸며 만든 족보 말고는 어느 집안이나 그 집안의 족보를 살펴보면 후손들의 영광과 긍지 속엔 언제나 그 무게만큼 조상들의 보이지 않는 시련과 고통과 희생이 있었기 마련이란다. 그건 이다음 우리가 우리 후손들에게도 그래야 할 것이고. 아빠는 그렇게 생각한다. 그게 크게는 나라의 역사고 또 작게는 한 가문과 한 집안의 역사라고. 우리가 말의 무거움에 대해 다시 생각하는 것만으로도 그 할아버님의 자손으로서 참으로 큰 것을 배우는 거란다. 단이공의 자손으로서."

"그런데 아빠는 그런 얘기를 왜 오늘에 해주세요?"

"일부러 하지 않았던 건 아니란다. 언젠가 이렇게 자연스럽게, 그리고 네 마음속에 무언가 우러나도록 이야기할 기회가 있을 거라고 생각했다. 네가 이만큼 자랄 때까지 기다리기도 했었고."

"내려가면 사당에 가서 절을 해야겠어요."

"그래. 아빠도 그러고 싶구나 오늘은. 아빠가 처음 등단해 작가가 되었을 때에도 지금 같은 마음으로 사당에 가 큰절을 했는데."

"저는 이제 강릉 할아버지 댁에 갈 때마다 사당에 가서 절을 할 거예요."

"그런 형을 보면 이다음 무적도 그럴 거다. 또 늘 그런 마음을 마음속에 새기고 있으면 스스로 부끄러운 일도 하지 않을 테고. 스스로를 속이고 스스로를 욕되게 하는 일은 조상을 욕되게 하고 또 이다음 후손들도 욕되게 하는 일이니까."

"집안 이야기를 하니까 제가 혼자인 것 같아도 혼자가 아니라는 생각이 들어요. 또 엄마 아빠 상빈이 그리고 나, 이렇게만 있는 게 아니라 우리 가족이 무척 크고 넓다는 생각도 들고요."

"그래. 그게 바로 조상들이 만들어준 너의 울타린 거야."

다시 말하지 않고 걷기

"아빠."

"응."

"아까 아빠가 한 굽이를 아무 말도 하지 않고 그냥 걸어보자고 했잖아요."

"그런데?"

"이번에도 한번 그렇게 걸어봐요."

"이번 굽이도 꽤 긴데?"

"그래도요."

"그래. 네가 그렇게 하고 싶으면 그렇게 하자꾸나. 대신 아까처럼 중간에 아빠를 부르기도 없기다."

"알아요. 이번엔 안 그럴 거예요."

"그럼 지금부터 말하지 않는 거야."

"예."

"……."

"……."

아이의 길, 어른의 길

"아빠, 물 주세요."

"그러고 보니 너, 물 달라는 소리도 않고 걸어왔구나."

"예."

"그건 얼굴로 말해도 되고 손으로 말해도 되는데."

"그러려고 했는데, 아빠가 너무 깊이 다른 생각을 하고 걸어서 그러지 못했어요."

"아빠가?"

"예."

"그럼 너는 어떻게 걸었는데?"

"아까는 산과 나무를 보면서 자연스럽게 이런저런 생각을 했는데, 이번엔 아무 말도 않고 무슨 생각을 해야지 하는 생각에 아무 생각도 못 했어요. 그러다 중간에 물을 마시고 싶다는 생각이 들고 나서는 더 아무 생각도 못 하고요."

"그것 봐라. 생각은 억지로 하는 게 아니지."

"정말 그런가 봐요. 생각을 해야지, 하면 더 생각이 안 나고요. 아빠는 무슨 생각을 했는데요?"

"이 굽이가 끝나면 상우가 무슨 생각을 했나 물어봐야지, 하는 생각을 했다."

"그건 저도 마찬가지예요."

"그렇지만 아무 생각을 하지 않았다 해도 그래도 무언가 생각한 게 있을 거야. 깊이 생각한 게 아니라 짧은 순간 지나가는 생각이라도 말이다."

"이렇게 내리막길을 걸어 내려가는 것도 다리가 아프고 힘이 드는데 마라톤 선수들은 어떻게 그 먼 거리를 뛸 수 있을까 하는 생각을 했어요."

"그러니까 많은 훈련을 하고 또 오래 참는 인내와 의지가 필요한 거지. 너도 이제 다리가 점점 아파오기 시작하는 모양이구나."

"그럼 안 아파요? 그렇게 걸었는데."

"왜, 아프지. 그렇지만 참고 걷는 거지."

"그런데 아빠는 무슨 생각을 했어요?"

"아주 많은 생각."

"어떤 생각요?"

"네 생각도 하고 무적 생각도 하고, 그리고 너희들이 어른이 되었을 때 생각도 하고."

"그렇지만 아빠는 할아버지 생각을 더 많이 했을 것 같아요."

"그래. 할아버지 생각도 많이 하고."

"저도 할아버지하고 아빠 생각을 하다 내가 어른이 되었을 때 여기 나무들은 또 얼마나 더 굵어졌을까 하는 생각도 했어요. 그런데 아까 걸어오다가 아빠 혼자 쿡쿡, 하고 웃었잖아요?"

"그럼 너는 다른 걸 살피지 않고 아빠만 보고 걸은 모양이구나."

"아뇨. 아빠는 무슨 생각을 할까, 하고 아빠를 보니까 아빠가 그랬어요. 제가 쳐다보는 것도 모르고 심각하게 걷다가 혼자 쿡쿡, 하고요."

"그때 무적 생각을 했다."

"무적이 왜요?"

"작년 여름방학 때에도 할아버지 댁에 오래 와 있었잖니?"

"예."

"그때 무적이 찍은 소 사진 생각을 하다 아빠도 모르게 웃음이 나온 거야."

"하하. 그거요. 저도 그 생각만 하면 저절로 웃음이 나와요."

그때 상우는 5학년이었고, 무적은 유치원을 다녔다. 상우 방학 숙제 중에 곤충의 모습을 관찰하는 게 있었는데, '환경 방학'이라 곤충 채집 대신 자기가 관찰한 곤충의 사진을 찍어오는 것이었다. 그래서 할아버지 댁에 내려가 있는 동안 상우에게 사진을 찍는 법과 필름을 갈아 끼우는 법을 가르쳐준 다음 자동카메라를 내주며 그냥 사진만 찍지 말고 사진을 찍으며 많은 것을 배우라고 말했다. 무적도 형과 함께 다니며, 또 형 몰래 중간중간 필름이 든 카메라를 들고 다니며 셔터를 눌러댄 모양이었다. 그렇게 아이들은 일곱 통의 필름을 썼다.

서울로 올라와 필름을 맡기고 사진을 뽑자 상우가 찍은 곤충 사진과 저희들이 서로 얼굴을 찍어준 것 외에 이건 누가 장난으로 아무 데나 대고 눌러댔지 싶은 사진이 한 필름 안에 열 장도 넘게 나오는 것이었다. 아래 목장에 가 소를 찍은 사진인데 소 머리에서부터 꼬리까지 나온 사진은 한두 장밖에 없고 거의 모두 소 엉덩이를 뒤에서 찍은 사진이었다. 어떤 사진은 소가 꼬리를 치켜들고 막 똥을 누고 있는 모습을 찍은 것도 있었다.

무적의 짓이었다.

"이거 네가 찍은 거지?"

"예."

천하무적답게 대답도 우렁찼다.

"사진을 이렇게 찍으면 어떻게 하니? 형아 숙제하는 사진을 가지고."

"아빠가 사진을 찍으면 그냥 찍지 말고 배우면서 찍으라고 그랬잖아요."

"그래도 그렇지 소가 다 나오게 찍은 것도 아니고. 이렇게 많이."

"저도 사진을 찍으면서 배웠단 말이에요."

"뭘 배웠는데?"

"소한테요."

"그래 소한테 뭘 배웠는데?"

"응아 하는 거요."

"응아 하는 거?"

"예."

"응아 하는 거 뭐?"

"저기요, 소가 응아 하는 걸 봤는데요, 처음엔 똥구멍이 콩알만 했는데요, 오물오물하더니 사과만큼 커졌는데요, 금방 똥을 눴어요. 또 오물오물하더니 콩알만 해지고요. 그걸 배우려고 소가 응아 하는 거 찍었어요. 나도 응아 빨리하는 걸 배우려고요."

그제야 짐작이 갔다. 무적은 한번 화장실에 가면 거의 20분이 되어서야 나왔다. 그러곤 뭐가 미진한지 다시 화장실로 들어가곤 했다. 어린 나이에도 그동안 알게 모르게 변비 때문에 많은 스트레스를 받았다는 얘기겠다. 오죽하면 응아 빨리 하는 법을 배우려고 소 엉덩이 사진을 찍었겠는가. 카메라를 내주며 아빠가 그냥 사진만 찍지 말고 많은 것을 배우면서 찍으라는 말까지 한 다음인데.

"그래서 배웠니?"

"예. 조금요."

아내와 나는 어이가 없어 그냥 웃고 말았는데, 소가 응아 하는 사진을 찍으며 조금 나아졌다는 무적의 변비는 정말 얼마 후 거짓말처럼 깨끗하게 고쳐졌다. 사진을 보고도 어른들은 그런 생각을 못 했는데, 동생이 변기에 앉아서도 그것을 배울(?) 수 있도록 형이 소 엉덩이 사진 중 가장 그럴듯한 사진을 골라 화장실 문 안쪽에 붙여준 게 조금씩 조금씩 효과를 보게 했던 것 같다.

"그때 너는 어떻게 그걸 붙여줄 생각을 했니? 그것도 우습고."

"무적이 배우려고 찍은 거잖아요. 그러니까 붙여준 거죠."

"정말 그 사진 때문에 나은 건지, 아니면 나을 때가 되어서 나은 건지 모르지만 말이다."

"아니에요. 그건 사진 때문에 나은 거예요. 저도 화장실에서 그 사진을 보면 저절로 똥을 잘 누게 되는 것 같았거든요."

"그래, 어느 쪽이든 도움은 되었을 거야. 그걸 보며 아빠는 무슨 생각을 했냐면 말이지."

"무슨 생각을 했는데요?"

"아이와 어른의 차이를 생각했단다. 그러니까 너희들과 아빠의 차이를. 아마 아빠뿐 아니라 다른 어른들은 그 사진을 보고도 도움을 받지 못했을 거다. 아니, 도움을 받을 생각도 하지 못했을 거고, 처음부터 사진을 찍을 생각도 하지 못했을 거다."

"그러니까 무적이잖아요. 우리 집 천하무적."

"아빠는 그렇게 생각한다."

"어떻게요?"

"그런 경우 어른들은 약을 먹거나 다른 운동으로만 고칠 수 있다고 생각하는데 너희들은 소하고의 대화로도 그걸 고칠 수 있는 게 아닌가 생각하는 거야. 우리가 자연으로부터 무얼 배우자는 말을 많이 하긴 하지만, 어쩌면 우리가 자연으로부터 무얼 배운다는 게 바로 그런 게 아닌지 모르겠다. 어른들은 처음부터 그런 대화가 불가능하다고 생각하고, 너희들은 가능하다고 생각하고. 아니, 그건 너무도 당연한 일이니까 가능하고 말고 하는 생각도 할 필요가 없는 걸로 느끼는 거지."

"그건 우리 어린이가 어른보다 더 순수해서 그렇지요?"

"그래. 순수라는 건 바로 그런 건지 몰라. 어른이 자연에서 배우는 건 기껏해야 몇 가지의 지식과 자연의 원리 정도지만 너희들이 자연에서 배우는 건 그걸 곧바로 자기 삶의 한 부분으로 받아들이는 거니까. 소는 똥을 쉽게 잘 눈다. 그러면 나도 소한테 그것을 배워야겠다. 그런 생각을 하는 순간 이미 그것을 배워버리는 식으로. 뭐랄까, 너희들한테는 배움도 어떤 직관으로 얻어진다는 거야."

"직관요?"

"그래. 어떤 원리를 이것저것 따져서 밝혀내는 게 아니라 그런 원리는 잘 모르지만 그것을 보는 순간 그 원리 이전의 것을 척 알게 되는 것 말이야."

"그게 어떤 건데요?"

"설명을 하면 이런 거야. 여기서 저기 아래 굽이까지 가장 빨리 가는 길이 어떤 거겠니?"

"그거야 돌지 않고 이쪽 산 아래로 바로 내려가는 거죠."

"그게 이쪽 길로 돌아가는 것보다 빨리 가는 길이라는 걸 어떻게 설명할 수 있는데?"

"돌아가는 건 돌아가는 거고, 바로 가는 건 바로 가는 건데 설명하고 말고 할 게 어디 있어요. 그냥 보면 아는 거죠. 아빠는 어떻게 설명할 수 있는데요?"

"억지로 증명하자면 이런 거야. 너 수학 알지?"

"예."

"삼각형도 알고?"

"아빠도. 그걸 모르는 사람이 어디 있어요."

"여기 우리가 있는 데와 저기 아래 우리가 내려갈 곳, 그리고 이 굽이 제일 끝 쪽, 그렇게 세 군데 점을 찍으면 삼각형이 되지?"

"예."

"그럼 아빠가 하는 설명을 잘 들어봐라. 어떤 삼각형도 한 변의 길이는 다른 두 변의 합보다 짧단다. 아무리 길쭉하게 그린 삼각형의 제일 긴 변도 다른 두 변의 길이를 더한 것보다는 늘 짧다는 거야. 잠깐 앉아봐라. 그러니까 여기, 여기, 여기, 이렇게 세 군데 점을 찍고 삼각형을 그렸을 때 여기 제일 긴 변의 길이를 아무리 길게 그린다 해도 이쪽 변과 이쪽 변의 길이를 합친 것보다는 언제나 짧게 되는 거야. 이 두 개의 변을 직선처럼 펴면 말이지. 그렇지?"

"예."

"그러니까 10, 3, 8센티미터의 변을 가진 삼각형은 있을 수 있어도 10, 5, 5센티미터나 10, 5, 4센티미터의 변을 가진 삼각형은 없는 거야."

"그런데 아빠. 거리 얘기를 하다가 삼각형 얘기를 왜 하는데요?"

"어른들의 세계와 아이들의 세계를 설명하기 위해서란다. 어른들의 세계는 바로 가는 것이 왜 가장 가까운가를 어떤 원리로 설명하는 세계이고, 너희들의 세계는 지금 네 표정처럼 그런 설명이 왜 필요하고 또 왜 있어야 하는지 모르는 세계인 거야. 그건 그냥 보면 척 알게 되고, 보는 것만으로 어떤 의심도 할 필요가 없는 세계니까. 그게 바로 너희들이 가지고 있는 직관이란다. 무적이 다른 설명 없이 소가 똥을 누는 것을 보고 바로 그것을 배우는."

"잘 모르겠어요."

"그래. 지금 아빠가 하는 설명도 이미 어른 방식의 설명이니까. 조금 전 아빠가 너한테 설명한 건 너희들이 가지고 있는 직관에 대한 것인데 어쩌면 네가 직관이 무엇인지에 대해 스스로 깨닫고 설명할 수 있게 되면 그땐 너 스스로가 그런 직관을 다 잃어버리게 될지도 몰라. 그게 어른이니까."

"우리는 어른이 빨리 되고 싶은데, 어른이 되는 게 다 좋은 것은 아니라는 뜻이죠?"

"그래. 그런 뜻으로 이해하면 되겠다. 이 길은 네가 어른이 될 때에도 거의 변함이 없을 거야. 달라지는 건 길이 좀 더 넓어진다거나 여기 선 나무들이 더 굵어지거나 새 나무들이 들어선다거나 하는 정도지. 너 인생이란 말이 무슨 말인지는 알지?"

"남한테 설명하라고 하면 못 해도 저 스스로는 그게 뭔지 조금은 알 수 있을 것 같아요. 사람이 살아가는 거요."

"아빠도 네 나이 때 그랬단다. 인생이라는 말 말고도 다른 무언가에 대해 다른 사람에게는 뭐라고 설명할 수 없어도 스스로는 그게 뭔지 알 것 같은 게 많았어. 나는 설명할 수 없어도, 또 다른 사람의 설명을 듣지 않아도 어렴풋이 알고 있는 것들 말이야."

"아빠도 어린이에서 어른이 된 거니까요."

"그런데 우리는 아직 한 번도 그런 데 대해 이야기해본 적이 없었지?"

"예."

"잘 들어라. 아빠도 오래 산 것은 아니지만 어쩌면 인생이라는 건 이 길 같은 것인지도 몰라."

"여기 대관령 길요?"

"그래."

"길고 먼 길을 힘들게 걸어간다는 것 말이죠?"

"그런 것도 있고."

"또 한 굽이 한 굽이 돌아간다는 것도 그렇고요."

"돌아가는 게 왜?"

"어떤 굽이는 길고 어떤 굽이는 짧잖아요. 그래서 어떤 굽이는 힘들고 또 어떤 굽이는 덜 힘들고요."

"그렇다면 그런 것도 있을 수 있겠구나."

"길을 걸어가며 바라보는 풍경도 그렇고요. 굽이마다 비슷해도 똑같은 건 아니잖아요. 나무도 다르고, 풀도 다르고, 불어오는 바람도 다르다고 아빠가 그랬잖아요. 우리가 살아가면서 만나는 사람이 다 다르듯이요."

"그런 것도 있지만 아빠는 이렇게 생각한다."

"어떻게요?"

"아빠가 어릴 때 동네 어른들은 이 길을 자동차를 타고 넘거나 걸어서 넘었어."

"그 얘기는 처음에도 했어요."

"그래서 아빠는 아빠도 어른들처럼 커야지만 대관령을 넘을 수 있겠구나 생각했단다. 우리 같은 아이들은 이 길을 넘을 일이 없으니까."

"어른들은요?"

"대관령 너머 마을에 볼일도 있고, 친척도 있고, 또 멀리는 서울에 다녀올 수도 있고, 그리고 많은 어른들이 그랬듯 여름과 가을에 이곳 대관령 너머의 감자밭과 무우밭, 배추밭에 품을 팔러 왔거든. 일을 해주고 돈을 벌기 위해 말이지."

"그런데요?"

"너도 할아버지 댁 뒷동산에 올라가봤지?"

"예. 새벽에 아빠하고 일부러 해돋이 구경도 하러 갔잖아요."

"거기 올라가서 동쪽을 바라보면 바다가 보이고, 서쪽을 바라보면 여기 대관령이 보인단다."

"알아요. 저도 올라가봤으니까."

"어릴 때 아빠는 소를 먹이러 가거나 버섯을 따러 뒷동산으로 올라갔을 때 이상하게 바다 건너는 한 번도 궁금하게 여겨본 적이 없었어. 저 바다 건너엔 무엇이 있을까 하는 생각도 해본 적이 없고."

"왜 그랬는데요?"

"그때는 몰랐는데, 아마 바다는 멀리 바라보이기는 해도 내가 아는 동네 사람들의 삶과, 그리고 그때 어린 아빠의 삶하고도 또 이다음 어른이 된 다음의 삶하고도 큰 관계가 없는 것처럼 여겨져서였을 거야. 궁금한 건 언제나 대관령 쪽이었어. 저 산을 넘으면 무엇이 있을까. 어떤 동네가 있을까. 어떤 사람들이 어떤 모습으로 살고 있을까. 그리고 나는 언제나 저 산을 넘어볼까, 하고 말이지. 빨리 어른이 되고 싶었던 것도 저 산을 넘고 싶어서였기 때문인지 몰라. 우리들 눈엔 어른들과 곧 어른이 될 형들만 대관령을 넘었으니까. 아빠한테는 마치 앞으로 아빠가 찾아야 할 파랑새가 이곳 대관령 너머에 있는 것처럼 생각되었단다. 그게 희망이든, 아니면 다른 세상에 대한 궁금함이든 말이지. 그때 아빠는 빨리 어른이 되어야 이 산을 넘어와 파랑새를 볼 수 있다고 생각했던 거야."

"그래서 열일곱 살 때 처음 이 길을 넘었나요?"

"아니. 그때도 넘지는 못했지. 여기 중간까지만 일을 나왔던 거니까."

"그럼 언제 넘었나요?"

"너, 아빠가 예전에 대관령 너머에 와 농사를 지은 걸 모르지?"

"아빠가요?"

"그래."

"너한테는 처음 하는 얘긴데, 고등학교 1학년을 다니다 중간에 학교를 쉬고 여기 대관령을 넘어가 횡계 마을에서 농사를 지었어. 아까 우리가 자동차를 타고 올 때 보았던 대관령 너머의 첫 마을 말이다. 용평 스키장이 있는 데."

"학교도 안 다니고요?"

"학교를 다니던 중간에 쉬고."

"어떻게요?"

"할아버지도 반대하시고, 큰아빠들도 그러면 안 된다고 말려도 아빠는 꼭 그렇게 하고 싶었단다. 그래서 꼭 그렇게하게 해달라고 말씀드린 거고."

"왜요? 학교 다니기가 싫어서 그랬나요, 아니면 공부하기가 싫어서 그랬나요?"

"아마 아빠는 빨리 어른이 되고 싶었던 것 같다."

"그래서 할아버지께서 허락해주셨어요?"

"처음엔 허락하지 않으셨는데 나중엔 어쩔 수가 없으셨을 거다."

"막 떼를 썼나요?"

"떼도 쓰고, 더 이상 학교 안 다닐 거라고 난리도 떨고."

"정말요?"

"그래."

"믿어지지가 않아요. 아빠가 그랬다니까. 지금 아빠는 소설가잖아요. 소설가가 어떻게……."

"왜, 소설가는 그러면 안 되니? 또 그때는 소설가도 아니었는데."

"그래도 그렇죠."

"그때 아빠는 공부보다 농사를 짓고 싶었던 거야."

"정말 왜 그랬는데요?"

"힘드니?"

"아뇨. 힘들지만 괜찮아요."

"아빠는 빨리 어른이 되고 싶었거든, 그때."

"공부 안 하고 농사지으면 어른이 되는 건가요?"

"그때 생각엔 그랬거든."

"공부를 하는 거나, 농사를 짓는 거나 나이는 같잖아요?"

"그렇지만 농사를 지으면 내 힘으로 돈을 벌 수 있으니까. 그러면 무얼 해라, 무얼 해라, 하는 간섭도 안 받고, 또 돈을 벌면 그 돈도 마음대로 쓸 수 있고. 어쩌면 어릴 때 생각대로 파랑새를 찾아 빨리 대관령을 넘고 싶었던 것인지도 모르고."

"그런데 농사를 왜 대관령 너머에 와 지어요? 여긴 우리 땅도 없잖아요? 땅은 할아버지 댁에 다 있었을 텐데."

"그때 동네에, 대관령 너머에 와 농사를 짓는 사람이 있었거든. 해마다 고랭지 채소 농사를 하는 아저씨였는데 아빠도 그 농사를 해보고 싶었던 거야. 집에서 농사를 지으면 할아버지의 간섭을 받아야 하니까 멀리 여기 떨어져 나와서."

"그걸 할아버지께서 허락하셨어요?"

"하셨으니까 그렇게 했지. 이 산 너머에 와서."

"전 아빠가 할아버지 말씀도 무척 잘 듣고, 공부만 열심히 한 줄 알았어요."

"공부야 열심히 했지. 그렇지만 공부보다 그땐 농사를 더 짓고 싶었던 거야."

"그런데 땅도 없는 데서 어떻게 농사를 지었는데요?"

"그때 대관령 너머에는 '해도지'라고 해서 고랭지 채소라든가 아니면 당귀 같은 약초를 심는 사람들에게 한 해 동안 땅값을 받고 빌려주는 밭들이 많았어."

"그걸 할아버지께서 빌려주셨어요?"

"그래."

"정말 할아버지는 대단하세요. 저 같으면 이다음 제 아들이 그러면 못 그러게 할 텐데."

"그건 지금 아빠도 마찬가지란다. 네가 그러면 아빠도 그렇게 못 해줘."

"저는 그러지도 않아요. 아빠처럼."

"그럼 그래야지."

"그래도 제가 그러면요?"

"무슨 수를 써서라도 막지."

"아빠도 그러셨으면서……."

"이유는 간단한 거야. 넌 아빠 아들인데 아빠는 어느 면으로든 할아버지만 하지 못하거든. 세상을 내다보는 것도, 자식에 대해 참는 것도……."

"그러고 보면 할아버지는 정말 대단하세요. 그러니까 나중에 아빠가 소설가가 되었을 때 책상을 하라고 물푸레나무를 베어 보내주시지요."

"좌우지간 넌 다음에 그러면 안 되는 거야. 그래서 아빠가 이 이야기를 하는 거니까."

"알았어요. 전 절대 안 그럴 거니까. 그런데 무슨 농사를 지었는데요?"

"땅을 한 5천 평쯤 빌렸어. 아니, 아빠가 어떻게 하는가 보려고 할아버지께서 대신 빌려주셨던 거야. 미련하게 아빠는 거기에 모두 배추를 심었어. 아마 잘 몰라서 그랬을 거야. 배추 농사가 어떤 농사인지도 모르고 말이지. 대관령은 다른 데보다 기온이 낮으니까 5월쯤에 비닐하우스로 온상을 만들고, 그

온상에 신문지로 5만 개도 넘는 종이 화분을 만들어. 그걸 '포트'라고 하는데 거기에 모두 배추씨를 뿌려 20일쯤 지나 숟가락만 한 잎들이 서너 개 나왔을 때 그것을 종이 화분째 밭에 옮겨 심는 거야."

"아빠 혼자 5만 개를 다요?"

"아니. 신문지를 잘라 소주병 같은 것으로 말아 밑 빠진 원기둥 모양의 포트라는 종이 화분을 만드는 것도, 하우스를 세우는 것도, 씨를 뿌리는 것도, 또 나중에 모종을 내는 것도 다 품을 사서 하는 거야. 그런데 아빠가 다른 사람들보다 어리니까 밭에 모종을 낼 때 제때 일꾼을 구하지 못해 다른 사람들이 모종을 다 내고 나서 열흘쯤 뒤에 모종을 낼 수 있었단다. 모종을 낼 때가 지났는데도 일손이 없어 그걸 내지 못하고 말이지."

"그럼 시작부터 망했겠네요?"

"너, 전화위복이라는 말 알지?"

"예. 처음엔 나빴던 일이 나중엔 오히려 복이 되는 거요."

"이젠 너도 아는 말이 많구나. 배추라는 것은 크면 클수록, 또 잎이 많이 나오면 많이 나올수록 더위에 약하거든. 그 사람들이 모종을 막 내고 났을 때 일주일쯤 대관령의 날씨가 갑자기 한여름처럼 무더워졌단다. 그러니 먼저 모종을 냈던 배추

잎들이 더위에 그대로 녹아버린 거야. 뿌리도 더위에 폭 쪄서 썩어버리고. 그렇다고 몇 천 평씩이나 되는 밭에 일일이 물을 뿌릴 수도 없는 일이고 또 뒤늦게 배추씨를 뿌릴 수도 없는 일이었고."

"아빠 배추는요?"

"그건 아직 모종을 내지 않았으니까 괜찮았던 거야. 모종을 낼 시기가 늦어지긴 했지만 더위는 이길 수 있었던 거지. 그러다 더위가 가시는 비가 올 때 모종을 냈던 거고."

"그래서요?"

"다시 날씨가 평소처럼 돌아오니까 수확할 때 배추값이 금값이 된 거지. 밭에서 다 자란 배추를 뽑아 한 포기, 한 포기를 신문으로 둘둘 말아 잎 하나 다치지 않도록 포장해 서울로 실어 날랐을 정도였으니까. 그때 그 동네에서 아빠 이름이 '강릉서 온 아'였는데 그 '강릉서 온 아'를 찾으러 서울 장사꾼들이 횡계 바닥을 막 뒤지고 다녔을 정도였어. 다방이고 당구장이고."

"나이가 어렸을 텐데 그런 데도 다녔어요?"

"아빤 스스로 어른이라고 생각했으니까. 또 자기 요량으로 농사를 지으면 누구나 어른이 되는 거고. 그냥 아르바이트로 돈을 버는 게 아니라 자기 직업을 가지고 자기 힘으로 돈을 버는 거니까."

"그래서 돈을 많이 벌었나요?"

"그때 아빠가 느낀 게 참 많았단다."

"무얼 느꼈는데요?"

"이런 농사 다시는 짓지 말아야지 하는 생각을 했으니까."

"왜요? 돈도 많이 벌었다면서."

"모두 다 풍년이 들었다면 그해 배추값은 똥값이 되었을 거야. 우리 지난해 겨울에도 이곳으로 오다가 봤지? 밭마다 네 머리통보다 더 큰 배추들이 그대로 허옇게 얼어 죽고 있는 거. 그걸 보고 아빠가 엄마한테 왜 배추가 밭째로 저렇게 얼어 죽는지도 설명하고."

"예."

"그게 밭마다 모두 풍년이 들어 배추가 남아돌기 때문이거든. 그런데 그때 남들은 망하고 아빠처럼 늦게 모종을 냈던 사람들 밭만 잘되니까 금값이 된 거지."

"당연하지요, 그렇게 되면."

"그래, 배추 농사는 그게 당연한 거야. 그런데 벼농사는 그렇지가 않거든. 나도 잘되고 다른 사람도 잘되면 더욱 좋은 거지. 다른 곡식 농사도 마찬가지고. 그게 농사꾼들이 꿈꾸는 진짜 농사인 거야. 모두 잘돼서 모두 잘사는 게 말이지. 그런데 아빠가 했던 배추 농사는 말만 농사지 순전히 모든 걸 운에 맡기는 도박이나 다름없는 거였거든. 너 도박이 뭔지는 알지?"

"게임으로 돈내기하는 거잖아요. 화투 같은 걸로요."

"아빠가 한 배추 농사가 꼭 그런 거였어. 그래서 1년 만에 그런 농사 다시 안 하기로 작정을 했던 거야. 아빠는 지금도 그때 아빠가 대관령 너머에 가 있던 걸 정말 농사를 지으러 갔었다고 생각하지 않는다. 농사가 잘되면 오히려 농사가 잘된 걱정을 하는 게 무슨 농사겠니? 농사가 잘되면 또 망하는 게 무슨 농사고."

"그걸 아빠 혼자 느꼈나요?"

"아니. 할아버지께서 말씀해주셨다. 농사란 그런 마음으로 그렇게 짓는 게 아니라고. 그리고 앞으로도 농사를 지을 마음이면 더 많이 배우고 나서도 지을 수 있다고."

"그래서 다시 학교로 돌아왔나요?"

"그래. 어른이 되려다가 어른이 되지 못하고 다시 학교로 온 거지. 만약 아빠 밭이 다른 사람들 밭처럼 그렇게 되었다면 오기가 나서라도 다음 해 다시 그런 도박을 했을 거야."

"다행이었네요. 아빠한텐."

"지금 생각하면 아빠는 왜 그렇게 빨리 어른이 되고 싶어했는지 몰라. 어른이 좋은 것도 아닌데 말이지."

"그건 어른이 되고 난 다음 생각이잖아요. 어른이 아닌 우리는 옛날 아빠처럼 빨리 어른이 되고 싶은 거고요."

"그때 막상 학교로 돌아오니까 모든 게 두 배는 힘들었어. 나이는 작년보다 한 살 더 먹어 어른 쪽으로 가는데, 대관령을 되넘어 학교로 돌아온 게 마치 어른의 세계에서 다시 아이들의 세계로 돌아온 것처럼 말이지. 아빠한테는 여기 대관령이 아이 세계와 어른 세계의 경계선이었거든. 어릴 땐 이곳 대관령을 바라보거나 대관령을 넘으며 어른 세계를 꿈꾸었고, 학교로 돌아온 다음 다시 이런저런 일로 대관령을 넘나들며 한 번씩 이 고갯길을 넘을 때마다 조금씩 정말 어른이 되어갔던 거야."

"그래서 아빠가 그랬잖아요. 인생이 이 길 같다고."

"그래서 그 말을 했던 게 아니라 그건 하나의 비유란다. 비유라는 건……."

"알아요. 인생이 이 길 같다는 게 비유잖아요. 뭐가 뭐 같다고 말하는 게. 사는 게 전쟁이라는 말도 비유고요."

"그런데 너는 그런 말 어디서 들었니? 사는 게 전쟁이라는 말."

"어디서 듣기는요? 어른들은 입만 열면 그런 소리를 하잖아요."

"그런 말들도 어른들이 너희에게 주는 나쁜 영향 중의 하나야."

"알아요. 좋은 말이 아니라는 거. 우리 하던 얘기 계속해요, 아빠."

"그래. 아빠는 강릉에서 서쪽으로 대관령을 넘는 동안 어른이 되었지만, 너는 반대로 서울에서 동쪽으로 한 번씩 이 고개를 넘을 때마다 조금씩 어른이 되어갈 거야. 일 년에 다섯 번씩만 넘는다고 하면 앞으로 70번이나 80번쯤만 더 넘으면 너도 어른이 되는 거란다. 그러다 150번쯤 더 넘으면 너도 아빠처럼 네 아들과 이 길을 걸으며 지금 아빠가 너한테 하는 얘기와 똑같은 얘기를 할 수 있을 거고."

"아빠 얘기를 들으니까 어른이 된다는 게 그냥 나이를 먹어 저절로 되는 게 아니라는 생각이 들어요."

"어른이 되는 게 꼭 좋은 것은 아니지만 어른도 저절로 어른이 되는 게 아니야. 여기서 할아버지 댁까지 똑바로 가지 못하고 이 길을 구불구불 돌아가듯 아이가 어른이 되어가는 길도 그런 거고."

"그래서 인생이 이 길 같은 건가요?"

"그런 뜻 말고도 아마 앞으로 너는 이 길을 지나다닐 때마다 네가 자란 만큼 지금 네가 가지고 있는 아이다움을 이 길섶 어디엔가 하나씩 하나씩 잃어버리게 될 거야."

"아까 아빠가 설명한 직관 같은 거 말인가요?"

"그런 것도 있고, 또 다른 것도 있고."

"안 잃어버리면요?"

"그건 네가 피터 팬이 아닌 이상 아무리 안 잃어버리려고 노력해도 저절로 잃어버리게 되는 거란다. 그걸 하나씩 잃어버릴 때마다 알게 모르게 조금씩 감정도 무뎌지고, 그러다 70번이나 80번쯤 이 고개를 넘나드는 동안 아이다운 모든 것을 다 잃어버려 어른이 되었을 땐 지금 네 눈에 보이는 어른들처럼 너도 우리가 사는 세상에 대해 때로는 냉담해지기도 할 테고, 때로는 무뚝뚝해지기도 할 거야."

"어른이 그런 거라면 저는 어른이 안 될 거예요."

"그런데 어른은 되고 싶다고 해서 되고 안 되고 싶다고 해서 안 되는 게 아니잖니?"

"그런 걸 다 잃어버리면서는 어른이 되고 싶지 않다는 뜻이에요."

"아빠가 지금 하는 얘기는 네가 그런 것들을 어쩔 수 없이 하나하나 잃어버리더라도 무얼 잃어버리고 있는지를 늘 생각하라는 얘기야. 우리가 그걸 잃어버린다고 해도 아주 못 찾을 만큼 잃어버리는 게 아니라 어른이 되었을 때나 어른이 되기

전이나 우리가 다시 찾고자 하면 그것들은 어디에서 어떻게 잃어버렸는지는 몰라도 다시 금방 우리 마음 안으로 우리를 찾아 들어오는 것이거든."

"그럼 그리워하는 마음을 가진 건 우리가 아니라 그것들이 우리를 그리워하는 거네요."

"네가 그런 표현을 할 수 있는 게 아빠는 사랑스럽다."

"그렇잖아요. 우리는 그것들을 어디서 어떻게 잃어버렸는지 몰라도 그것들이 우리 마음 안으로 찾아온다고."

"아빠는 이 고개를 넘으며 그것들을 하나하나 잃어버리면서 어른이 되었고, 이제 다시 이 고개를 넘으며 하나하나 그것을 되찾고 있는 거란다."

"그래서 찾았나요?"

"다른 거리나 다른 길에선 그걸 찾을 수가 없어. 그런데 꼭 이 길을 넘을 땐 아빠가 애써 찾지 않아도 그것들이 아빠 마음 속으로 들어온단다. 그것들이 마음 안으로 들어올 땐 아빠 마음이 그렇게 넉넉해질 수가 없는 거고."

"무엇이 아빠를 넉넉하게 하는데요?"

"아빠 어릴 때의 마음이 아빠를 넉넉하게 하는 거야. 처음 파랑새를 찾아 나서던 때의 마음 말이지. 그러느라고 우리는 또 한 굽이를 돌았구나."

"그런데 우리가 몇 굽이를 돌았죠?"

"모르겠다. 아빠는 이미 생각하지 않기로 했으니까."

"열여섯 굽인가 열일곱 굽인가…… 아까 열세 굽이까지는 셌는데……."

"아빠가 그랬지. 아무리 세려고 해도 중간에서 잊어버리게 된다고."

"열일곱 굽이 같기도 하고 열여덟 굽이 같기도 하고."

스무 굽이를 돌며

이미 네가 잃어버리고 있는 것들

"아빠."

"응."

"저도 이제 이 길을 꽤 많이 넘나들었잖아요?"

"너도 이미 50번은 더 넘나들었을 거야."

"그럼 저도 잃어버린 게 있겠네요?"

"아직 많지는 않겠지만 무적에 비하면 그럴 수 있을 거야."

"저는 어떤 걸 잃어버렸을까요?"

"무적처럼 너는 이제 소에게 무얼 배우려고 소 사진을 찍지 않잖니?"

"그래요. 그런 것 말고는요?"

"지난번 올 때에도 우리 대관령 꼭대기에 와서 잠시 쉬었던 적이 있었지?"

"예."

"그때 무적이 무슨 말을 했는지 너 기억나니?"

"무슨 말을 했는데요?"

"너도 들은 말인데 잊어버린 모양이구나."

"무슨 말인데요?"

"대관령 꼭대기에서 이쪽을 바라보면 무엇이 보이니?"

"산도 보이고, 바다도 보이고, 강릉 시내도 보이고, 하늘도 보이고, 다 보여요."

"그때 무적이 아주 신기한 듯 말했어. 아빠, 아빠도 그런 게 다 보이냐고. 그래서 아빠도 보인다고 말했더니 무적이 그랬단다. 아빠는 크지만 내 눈은 아주 조그마한데 어떻게 그 많은 것들이 한꺼번에 다 보이는지 모르겠다고. 산도 크고, 나무도 크고, 하늘도 크고, 바다도 크고, 다 큰데 자기의 조그만 눈으로 그게 한꺼번에 다 보이는 게 신기하다고 말이지. 그래서 네가 그랬지? 그게 뭐가 신기하냐고. 원래 한꺼번에 다 보이는 거라고."

"예."

"넌 그때 이미 그걸 바라보며 무적이 느끼는 신기함을 잃어버린 거야."

"그거야 제가 크니까 그렇죠. 무적보다."

"우리가 크면서, 또 크기 때문에 잃어버리는 게 바로 그런 것들이야."

"그때 무적이 그랬어요. 형아, 그러면 개구리 눈에도 그게 다 보여? 하고요."

"그래서 넌 뭐라고 대답했니?"

"그럼 다 보이지, 하고요. 그러니까 무적이 개구리 눈은 내 눈보다 더 작잖아. 그런데도? 하고 묻고요."

"무적은 그때 세상의 크기와 자기 눈의 크기를 비교하고 있었던 거야. 그 조그만 눈으로 산도 하늘도 바다도 한꺼번에 다 보였으니 얼마나 신기했겠니? 무적은 아마 그것을 바라보았다 생각하지 않고, 그런 세상이 아주 작은 자기 눈 안에 들어왔다고 생각했을 거야. 그런 게 어떻게 내 눈 안에 다 들어올 수 있을까 하고. 표현을 할 줄 몰라서 그렇지."

"저도 신기하긴 해요. 그렇게 큰 세상이 우리 눈 안에 들어올 수 있다는 게. 창문을 열고 잠자리에 누웠을 때에도 가끔 그런 생각을 하는걸요. 작은 창문으로 어떻게 저렇게 큰 하늘이 다 들어올까 하고. 유리창으로 들어오는 게 아니라 사실은 눈 안으로 다 들어와서 그렇게 보이는 건데."

"우리 눈이 바로 세상을 바라보는 창이니까. 그리고 세상을 향해 자기 마음을 여는 창이기도 하고. 다른 사람에게도 말이지."

"아빠는 어릴 때 그게 궁금하지 않았어요? 우리 작은 눈에 세상이 다 보이는 게."

"왜, 궁금했지. 한쪽 눈을 감고 보는데도 똑같은 크기의 세상이 보이는 것도 궁금했고, 왜 아지랑이는 실눈을 뜨고 바라봐야 더 잘 보이나 하는 것도 궁금했고. 너 아지랑이는 어디서 피어오르는 게 제일 아름다운지 아니?"

"어디서 피어오르는 건데요?"

"아빠 눈엔 겨우살이를 끝낸 보리밭에서 피어오르는 아지랑이가 제일 아름다웠단다. 그건 바라보면 바라볼수록 동화의 세계 같았으니까. 어릴 때 아빠는 아지랑이를 볼 때마다 땅 밑에서 누가 불을 때는 줄 알았던 거야. 저길 파보면 무엇이 있을까 궁금해 호미로 땅을 파보기도 하고."

"저도 다음에 한번 봤으면 좋겠어요."

"그런 건 네가 도시에서 살기 때문에 잃어버린 것들이고, 그것 말고도 네가 무적보다 많이 잃어버리고 있는 것 또 한 가지가 있어."

"어떤 거요?"

"지난번 너희들이 키우던 햄스터 한 마리가 죽었잖니?"

"예. 토토요."

"그때 아빠는 아직 누가 무엇이 죽었다고 했을 때, 그러니까 개나 고양이 같은 짐승뿐 아니라 우리가 알던 사람 누가 죽었다고 했을 때에도 무적만큼 그렇게 슬프게 우는 사람을 못 봤단다. 토토가 죽은 걸 아빠가 먼저 봤다면 무적한테 말하지 않았을 거야. 누구에게 주었다거나 사온 데 도로 갖다 주었다고 말했지. 그런데 네가 그 얘기를 하자마자 무적이 겉으로도 울지 못하고 안으로 흡, 흡, 울음을 삼키며 콩알 같은 눈물을 흘리지 않던? 그리고 지금도 가끔 내가 토토를 생각하면 토토도 하늘나라에서 날 생각할까, 하고 토토를 생각하고."

"그건 무적하고 토토가 정이 들어서 그래요. 먹이를 줄 때 제가 손을 넣으면 토토하고 키키가 제 손을 깨물려고 까부는데 무적이 손을 넣으면 그냥 손바닥 위로 올라와 먹이를 가져가거든요."

"아빠가 보기엔 그것도 무적과 토토와 키키의 대화 같은 거란다. 먹이를 줄 때 너는 토토와 키키가 네 손을 물지 않을까 마음속으로 늘 불안했었지?"

"예. 어떤 때는 정말 물려고 그래요."

"그렇지만 무적은 절대 그런 생각을 하지 않잖니? 형아, 형아, 봐, 안 물어, 하면서. 그러니까 네 손과 무적의 손을 보고도 토토와 키키가 그걸 아는 거야. 네 손이 불안해 보이니까 토토와 키키도 함께 불안해 네 손을 물려고 하는 거고."

"아빠는요?"

"아빠는 너보다 더 불안하지. 마음속으로는 얘들이 안 물 거야, 안 물 거야, 하면서도."

"저도 그래요. 마음속으로는 안 물 거야, 안 물 거야, 하는데도 우리에서 금방 손을 빼게 돼요."

"너도 『어린 왕자』를 읽었지?"

"예."

"거기에 보면 여우와 왕자가 이런 얘기를 한단다."

"아, 알아요, 저도 그건. 길들인다는 얘기."

"그 책엔 길들인다는 게 관계를 맺는다는 뜻이라고 했는데, 그 관계를 맺는다는 얘기가 바로 친구가 된다는 얘길 거야. 나무하고도, 꽃하고도, 그리고 햄스터처럼 작은 동물하고도. 무적처럼 말이다."

"전에 봄방학 때 할아버지 댁에서 가져온 도롱뇽한테도 그랬어요. 논에서 알을 건져 왔는데, 그것들이 부화하니까 백 마리도 넘는 도롱뇽 새끼들한테 이름을 다 지어주었거든요."

"그래. 아빠야 물론 그렇고, 너도 햄스터 이름은 토토와 키키라고 지어줄 줄 알아도 막 알에서 깨어난 백 마리도 넘는 도롱뇽 올챙이들한테까지 이름을 지어줄 생각은 못 했잖니?"

"형아, 이것들도 이름을 지어주자고 해서 이렇게 많은데 어떻게 지어주니? 하니까 무적이 그래요. 일룡이, 이룡이, 삼룡이, 사룡이 해서 백룡이까지 지어주면 된다고. 그리고 그걸 학교 앞 연못에 놓아줄 때에도 일룡이 잘 가, 이룡이 잘 가, 삼룡이 잘 가, 하면서 백룡이 잘 가까지 하고요."

"그러니까 무적은 소한테 응아 빨리 누는 법을 배울 수 있는 거야."

"작년에 저하고 둘이서 할아버지 댁에 있을 때에도 그랬어요."

"바다 얘기 말이냐?"

"아뇨. 그때 아빠 엄마는 바빠서 일찍 올라가셨잖아요. 그래서 저하고 무적하고 나중에 둘이서 비행기를 타고 올 때요."

"그때 무슨 얘기를 했는데?"

"할아버지 댁은 시골이니까 파리가 많잖아요."

"그래서."

"큰엄마가 공항까지 데려다 주셨는데, 공항에도 파리가 있었거든요. 비행기 탈 때를 기다리고 있는데 파리가 무적 팔에 앉았어요. 그러니까 무적이 뭐라고 했는 줄 아세요?"

"뭐라고 했는데?"

"파리가 앉은 손을 탁 치면서 우씨, 이게 집에 있지 않고 여기까지 따라왔어, 그러잖아요."

"하하. 무적이?"

"예. 시골 할아버지 댁에 있던 파리가 공항까지 따라온 줄 알고요."

"그게 무적의 세상이니까."

"아파트에서도 방금 본 사람을 금방 또 봐도 또 인사하고 또 인사하고 그래요. 모르는 사람을 봐도 인사하고요."

"너는?"

"경비실 앞에서 놀다가 경비 아저씨한테 5분마다 인사하면 좀 그렇잖아요. 인사받는 사람도 그렇고요. 모르는 사람한테 인사를 하는 것도 그렇고요."

"그렇지만 어른들도 그렇게 하면 세상은 아마 서로 싸우고 얼굴 붉히고 할 일이 없을지 몰라. 모르는 사람들끼리도 그렇게 인사를 하면."

"아빠도 그렇게는 못 하잖아요?"

"아빠도 그렇고, 아마 다른 어른들도 그럴 거다. 알지만 어른들은 이미 그런 걸 다 잃어버렸으니까. 너도 벌써 잃어버리고 있잖니?"

아빠가 어릴 때 잃어버렸던 것들, 그리고 배운 것들

"아빠."

"응."

"우리 잃어버린 것 이야기를 했잖아요."

"응."

"그런데요, 그런 것 말고 물건으로 어릴 때 아빠가 잃어버린 것 중 가장 아까운 게 뭐예요?"

"음, 뭘까……."

"잘 생각이 안 나세요?"

"그래. 갑자기 물으니까."

"그래도 잘 생각해보세요."

"음……."

"한두 가지가 아니라서 그렇나요?"

"음, 그런 것도 있지만 아빠가 어른이 되고 나서, 그리고 너희들을 키우면서 옛날 아빠가 잃어버린 것 중 가장 아까웠던 것이 무엇인지도 잃어버리고 사는 것 같아서 그래. 그게 뭐였을까. 연필이 귀할 때였으니까 연필을 잃어버렸을 때에도 아까웠을 테고, 공책을 잃어버렸을 때에도 아까웠을 테고…… 그리고 신발 한 짝을 잃어버렸을 때에도 아까웠을 테고…… 또 할머니 심부름을 가다가 주머니에 넣고 꼭 쥔 돈을 잃어버렸을 때에도 무척 아깝고 안타까웠을 텐데……."

"그중에선 어느 게 제일 아까웠는데요?"

"다 아깝고 안타까웠을 거야. 그중에서도 신발을 잃어버렸을 때 제일 그랬던 것 같구나."

"어떻게 잃어버렸는데요?"

"초등학교 4학년 때였을 거야. 여름방학이 막 끝났을 땐데 태풍이 불고 큰비가 내려 마을 앞 다리가 끊어졌단다. 그러다 며칠 후 냇물을 고무신을 신은 채 그냥 건너다가 신발 안에 모래가 들어가면서 나도 모르게 벗겨져 떠내려간 거야."

"그래서요?"

"어떤 때는 물 위로 떠오르기도 하고, 어떤 땐 물 아래로 숨기도 하면서 떠내려가는데 아마 그 신발을 따라 20리는 더 냇둑으로 따라 내려갔을 거야. 엉엉 울면서."

"찾았나요?"

"못 찾았으니까 아빠 마음에 오래도록 아깝고 안타깝지. 냇물을 따라 바다가 있는 마을까지 거의 다 내려가서…… 같이 학교를 다니던 같은 나이의 친척 아저씨와 엉엉 울면서 냇둑을 따라 올라왔단다. 한 손에 한쪽 신발을 든 채 맨발로 걸어서. 그때 집까지 거의 다 왔을 때 여기 대관령에서 노을이 밀려드는데 그게 내 마음같이 그렇게 곱고 서러웠어. 그래서 더 큰 소리로 울고."

"그럼 신발은요?"

"한 짝만 오래도록 마루 밑 뜨락에 놓아두었지. 그리고 잃어버린 한 짝은 아마 바다에 닿았을 테고. 새 신발을 신고도 오랫동안 그 신발 생각을 했어. 무적이 토토를 생각하듯 그 신발은 지금 어디에 있을까. 어느 바다를 떠돌고 있을까, 하고. 뜨락에 놓인 한쪽 신발을 볼 때에도 그 생각을 하고. 아빠가 신던 신발이어서 정이 들어서 그랬던 것이 아니라 아빠는 그냥 그 신발이 아까웠던 거야. 아직도 많이 신을 수 있는 신발을 잃어버린 게. 그래서 어른들한테 혼나지 않을까 하는 것도 마음속으로 무서웠고. 돌아오는 길에 노을을 보며 울었던 것도 아마 그래서였을 거야."

"그래서 혼이 났나요?"

"우리가 신발을 따라 내려갔다는 얘기를 듣고 저녁에 할머니가 우리를 찾아 냇둑으로 걸어 내려오셨단다. 그래서 아빠는 더 서럽게 울고."

"할머니가 야단 안 치셨어요?"

"아니. 아빠 마음을 알고 아빠를 꼭 안아주셨단다. 울지 말라고. 그러니까 아빠는 더 크게 엉엉 울고. 지난번 우리가 밤에 횃불을 들고 고기를 잡으러 내려갔던 냇둑 있지?"

"예."

"바로 그 냇둑에서."

"그래서 새 신발을 사주셨나요?"

"그래. 잃어버린 것은 고무신이었는데, 할머니께서 새로 운동화를 사주셨단다. 그게 아빠가 처음 신어본 운동화였어. 파란색 운동화였는데…… 할아버지도 어이구, 신발을 잃어버리고 나니까 더 좋은 걸 사주네, 하시고. 지금 생각해보니까 할머니께서 그때 신발을 잃어버리고 나서 20리나 그걸 따라 내려간 아빠 마음이 어땠을까를 아셨던 거야. 그래서 고무신 대신 운동화를 사주시고……."

"그럼 지금도 잃어버린 아빠 신발이 바다에 있겠네요. 고무신이니까 금방 닳거나 녹아 없어지지 않고요."

“아빠도 그렇게 생각한다. 그런데 어른이 되면서 아빠가 정말 안타깝게 잃어버린 건 그때 그런 마음일 거야. 그때보다 흔해서이기도 하겠지만 신발이고 학용품이고 너희들이 물건을 너무 쉽게 여기는 걸 어떤 땐 아빠도 그냥 넘겨버리기도 하고.”

“그래도 아빠는 물건을 함부로 쓰면 야단을 치시잖아요.”

“당연하지. 너희들은 귀한 걸 너무 모르고 크니까. 무엇이든 잃어버리거나 마음에 들지 않으면 다시 사면 된다고 생각하고. 아빠는 어쩌다 너희들 필통을 열어보다가 부러울 때가 있단다. 전봇대만 한 연필 몇 자루가 잘 깎인 채 누워 있고, 그 옆에 예쁜 샤프펜슬이랑 향기 나는 지우개가 놓여 있는 걸 보면 나도 어릴 때 저런 걸로 공부를 하고 글씨를 쓰고 하면 더 잘했을지 몰라, 하는 생각도 들고. 아빠가 클 땐 더구나 시골이라 모든 게 귀했으니까. 몽당연필 한 자루도 말이지. 그리고 너희들이 쓰는 스케치북이나 도화지도 그래. 그런 종이가 얼마나 귀했는지 모른단다. 미술 시간이면 도화지가 없어 달력 같은 걸 찢어 가 그 뒤에 그림을 그리곤 했으니까. 크레파스도 아니고 양초 냄새가 나는 크레용도 제대로 갖추고 다니는 아이들이 많지 않았고.”

“왜 계란 얘기는 하지 않으세요?”

"그래. 계란도 그렇지. 정말 아빠는 너희들이 식탁에서 계란을 먹지 않으면 화가 나거든. 아빠가 어릴 땐 그게 너무 귀한 거라 잘 먹을 수도 없던 건데 너희들이 안 먹고 그냥 남기고 하면."

"한 번만 더 이야기하면 백 번도 넘을 거예요."

"백 번이 아니라 천 번이 더 넘어도 그래 아빠는. 식탁에서 다른 건 몰라도 너희들이 음식 귀한 줄은 알았으면 좋겠어. 전에 아빠가 너에게 그런 글을 읽어줬었지?"

"어떤 글요?"

"아마 이태 전일 거야. 그때 이미 몇 년째 전쟁을 계속하고 있던 사라예보 지역의 한 어린이가 세계의 모든 어린이에게 보낸 편지 말이야."

"아, 알아요."

"아빠도 그 아이가 네 나이 또래의 소녀라는 것만 알지 이름은 잊어버렸는데."

"저도요."

"그럼 그 아이가 쓴 편지 내용은?"

"그것도 잘 기억나지 않고요. 들으면 알 텐데."

"아빠도 다 기억하지는 못하지만 어떤 내용인지는 안다."

"저도 어렴풋이는 기억해요."

"이런 내용이었을 거야. 세계의 모든 어린이들에게. 너희들이 과일과 달콤한 초콜릿과 사탕을 먹고 있을 때 우리는 굶어 죽지 않으려고 풀뿌리를 먹고 있단다. 너희들이 텔레비전을 보거나 친구들과 재미있게 놀고 있을 때 우리는 너무도 무서워 울부짖으며 이 무서운 전쟁이 빨리 끝나길 빌고 있단다. 너희들이 집 안에서 수도를 틀어놓고 따뜻한 물로 목욕을 하며 즐거워할 때 우리는 하느님께 물 한 모금이나마 마실 수 있도록 비를 내려달라고 기도한단다. 그런 내용이었을 거다."

"맞아요. 그래서 그날 제가 아빠가 읽어준 글로 일기도 썼는데."

"그곳과 이곳은 다르지만 어디서든 음식은 귀하게 여겨야 해. 텔레비전에 나오는 아프리카의 어린이들을 봐라."

"알아요."

"말로만 알았다고 하지 말고 다시 잊지 않도록 가슴에 새겨둬. 그리고 식사 예절도 그래. 너희들은 그런 걸 너무 모르니까."

"아빠는 어릴 때 잘했어요?"

"그럼. 다른 건 몰라도 식사 예절에 대해서 아빠는 정말 제대로 배웠다."

"아빠는 그런 걸 누가 가르쳐주셨어요?"

"그땐 느 증조할아버지서부터 온 가족이 함께 식사를 했거든."

"여기 길을 닦으신 할아버지요?"

"그래. 너도 증조할아버지를 사진으론 봤지?"

"예. 할아버지 댁 사랑에 걸려 있는 거요. 갓을 쓰시고, 이렇게 수염을 길게 기르시고…… 정말 텔레비전에 나오는 옛날 할아버지 같으세요."

"그렇지만 그렇게 옛날 할아버지도 아니란다. 네가 태어나기 4년 전에 돌아가셨으니까. 식사 때 증조할아버지는 상을 따로 받으셨는데 할아버지 대신 일부러 꼭 우리 손주들을 데리고 겸상을 하셨어. 제일 처음엔 큰아빠가 하고, 그다음엔 둘째 큰아빠, 그다음엔 아빠, 그리고 작은아빠도 지금 무적만큼 컸을 때부터 할아버지와 겸상을 하고. 그러면 할머니가 따로 우리한테 교육을 시키셨어. 할아버지보다 먼저 수저를 들어도 안 되고, 또 먼저 수저를 놓아도 안 되고, 할아버지가 하시는 식사 속도에 맞추어 함께 식사를 하는 거야. 어느 반찬은 할아버지께서 좋아하시는 거니까 너무 젓가락을 많이 가져가서도 안 되고, 그렇다고 아예 안 가져가도 안 되고, 그건 함께 식사를 하는 할아버지를 불편하게 하는 일이니까. 또 할아버지께서 물을 드시고 싶어하시면 얼른 숟가락을 놓고 물 그릇을 집어드리고, 할아버지가 정정하시고 건강하셔도 어린 아빠들이 증조할아버지의 식사 시중을 들며 함께 식사를 했거든. 할아버지께서 무얼 물으시면 얼른 손을 올려 입안의 음식을 넘긴 다음 물으신 말씀에 대답하고……. 그러면서 밥상에서 형제간의 우애도 배웠단다. 어떤 음식은 할아버지 상에만 올라오는데, 할아버지께서 드시지 않는다고 해서 내가 그걸 다 먹는 것이 아니라 나도 그 음식을 조금만 맛보고 남겨 겸상을 하지 않은 다른 형제들이 그 음식을 함께 맛볼 수 있게 하는 것도 배우고……. 지나고 보면 아빠는 그렇게 생각한다. 아빠가 배운 가정교육의 반 이상을 할아버지와의 겸상에서 배운 것 같다고. 마당가에 열리던 복숭아도, 포도며 사과도 그 과일을 제일 먼저 드시는 건 늘 증조할아버지셨어. 어디서 음식이 들어와도 무엇이든 집안의 제일 어른이신 할아버지가 드셔야 우리도 먹을 수 있는 걸로 알았고. 그런데 음식 귀한 걸 모르고 크는 너희들은 할아버지 댁에 가서도 그러지 않잖니. 그건 아빠가 너희들을 잘못 가르쳤던 것인지 몰라. 너희들은 무엇 하나 귀한 것이 있으면 어른보다 너희들 입을 먼저 생각하잖니?"

"앞으로 저희들도 그럴게요."

"사실 그것은 억지로 시켜서 하는 것이 아니라 온 가족이 함께 살며 저절로 몸에 익히듯 하나하나 배워나가는 것인지도 몰라. 할아버지께서 친구분 집에 놀러가실 때에도 꼭 모셔다

드리고 또 나중에 가서 모셔 오고 그랬는데."

"그런 얘기를 들으면 아빠도 참 옛날에 살았구나 하는 생각이 들어요."

"아빠도 그런 생각을 한다. 30년 전인데도 그때는 참 옛날처럼 살았다는. 그렇지만 꼭 아빠가 그렇게 살았기 때문에 너희들에게 그렇게 말하는 건 아니야."

부모 마음의 노란 손수건

"아빠."

"저는 아빠 얘기를 들으면 할아버지가 참 존경스러워져요."

"그건 아빠도 그래. 너한테 할아버지 얘기를 하면서도 나도 지금이나 이다음 할아버지처럼 너에게 마음을 쓸 수 있을까 하고."

"저는 지금 아빠가 저하고 이야기를 하고 걷지만 마음속으로는 아빠가 할아버지 댁으로 가서 할아버지와 어떤 말씀을 나누어야 하나 하는 걸 더 신경 쓰고 있다는 것도 알아요."

"그래?"

"예."

"그건 어떻게 아는데?"

"전 아빠 아들이니까요. 지금 아빠 마음이 아빠가 쓴 글 때문에 어둡다는 것도 알고 있고요."

"……."

"그래서 전 아까 할아버지에 대해 아빠가 하시는 말씀을 듣고 그런 생각을 했어요."

"어떤 생각을 했는데?"

"아빠도 알 거예요. 노란 손수건 얘기요."

"노란 손수건?"

"책에 나오는 얘기예요. 아들이 아버지에게 큰 잘못을 하고 집을 떠났는데, 많은 시간이 지나 다시 집으로 돌아오는 얘기예요. 아빠도 알죠?"

"그래, 안다. 그렇지만 너한테 다시 듣고 싶단다."

"아들이 시골집으로 기차를 타고 돌아와요. 돌아오기 전 아버지에게 편지를 쓰고요. 제 잘못을 용서하고 저를 용서해주신다면 마을 앞 큰 나무에 노란 손수건 하나를 매달아달라고요. 아들은 돌아오는 길에 그 이야기를 함께 기차를 탄 사람들에게 말하고요."

"그래서?"

"아들도 그렇지만 많은 사람들이 그 말을 듣고 그것을 궁금하게 여겨요. 정말 마을 앞 큰 나무에 노란 손수건이 걸려 있는지요. 기차는 달려서 그 사람 고향을 향해 조금씩 조금씩 앞으로 가고, 얼마 후 그 사람이 예전 집을 떠났던 마을이 나타나요. 그러자 사람들 모두 창밖을 내다보며 마을 앞에 있는 큰 나무를 살피고요."

"그래서 수건이 걸려 있었니?"

"예. 아들은 저를 용서하면 그 나무 꼭대기에 수건 하나를 걸어달라고 했는데, 아들을 기다리는 아버지는 그 나무에 얼마나 많은 수건을 매달았는지 몰라요. 나무 전체가 샛노랗게 보일 정도로요."

"무슨 말인지 안다. 네가 하는 말이."

"아빠가 농사를 지으러 갔다가 다시 학교로 돌아왔을 때에도 할아버지 마음은 그랬을 것 같고요. 그리고 이다음 제가 그러면 그때 아빠 마음도 그럴 것 같고요. 제가 어른이라면 아빠 마음을 더 편하게 해드릴 수 있을 텐데 지금은 그러지 못해요."

"아빠는 네가 그러면 때로는 네가 아이같이 보이지 않아 싫어질 때가 있어."

"집에 있을 때 아빠가 힘들어하던 모습이 안타까워서 그래요. 사실 저도 아빠 엄마 몰래 그 글을 읽었거든요. 선생님이 그런 말씀을 해서요."

"그건 어른들이 읽는 책이야."

"그렇지만 아빠도 어릴 때 어른들이 읽는 소설 책을 많이 읽었다고 했잖아요."

"아빠는 그때 다른 읽을 것이 없었으니까 그랬지. 시골에서……."

"전 우리 집 얘기니까 읽었어요. 그렇지만 엄마한테는 읽었다는 얘기를 하지 않았어요."

"그래, 네가 읽고 나니 어땠는데?"

"아빠가 할아버지께 신경 써서 그런지, 저도 할아버지 생각을 했어요. 할아버지가 노여워하시지는 않을까 하는 생각요."

"……."

"그렇지만 화가 나서 아빠보고 내려오라고 한 건 아닐 거예요. 아빠는 할아버지 아들이잖아요. 그러니까 할아버지도 지금 아빠를 기다리고 계실 거예요. 만약 아빠가 할아버지께 편지로 손수건 얘기를 했다면 할아버지는 더 많은 손수건을 내걸고 기다리실 거고요."

"……."

"이다음 제가 그러면 아빠는 그러지 않으실 건가요?"

"모르겠다. 지금 아빠 마음은……."

"또 무적하고 제 얼굴 보면 화가 나도 금방 다 풀어지실 거고요."

"엄마는 그렇게 말하더라."

"어떻게요?"

"아빠가 그 일로 신경 쓰는 걸 알고 할아버지께서 먼저 아빠 마음을 풀어주려고 부르시는 걸 거라고."

"그래요. 엄마 말이 맞을 거예요. 할아버지는 아빠가 어릴 때에도 늘 기다리셨잖아요."

"그런데 너한테 그런 얘기를 듣는 건 좋지가 않아."

"저는 아빠가 저를 늘 어린 아들로만 보지 말고 어떤 때는 아빠 마음을 의논도 할 수 있는 가족으로 생각해줬으면 좋겠어요."

"……."

"아빠는 집에서 제가 무슨 말을 하면 늘 그러시잖아요. 됐어, 하고 제 말은 듣지 않으시려고 하고."

"됐다. 그 얘기는 그만하자."

"바로 지금처럼요. 됐다, 그러지 않으면 됐어, 그런 식으로요. 그래서 어떤 때는 제 일에 대해서도 아빠한테 제대로 의논을 못 드려요. 아빠가 서재에 들어가 계시면 제가 서재로 들어가 말씀드리기 어려울 때도 많고요."

"그래서 이렇게 걷고 있지 않니?"

"집에서도 지금 걷는 것처럼 함께 이야기할 시간이 많았으면 좋겠어요. 우리는 아빠가 글을 쓰니까 늘 조용해야 하고, 또 다른 아이들보다 신경 써야 할 데가 많아요. 아빠는 모르시지만 아빠가 글을 쓰는 일이 우리에겐 존경스럽기도 하지만 또 우리를 힘들게 할 때도 많아요. 아마 그건 엄마도 같은 마음일 거고요."

"안다, 그건."

"그냥 그렇다는 얘기예요. 아빠가 그걸 알아달라는 얘기가 아니고요."

"그것도 알고."

"저는 지금도 아빠 마음이 편했으면 좋겠어요. 아빠가 그랬죠? 내가 좋으면 아빠에게도 다 좋은 거라고. 저도 그래요. 아빠가 좋으면 저도 다 좋아요. 아빠가 마음이 편하면 저도 편하고요."

"이쪽으로 가까이 와. 그쪽은 자동차들이 들어올지 모르니까."

"아까는 제가 그쪽으로 섰는데 언제 제가 이쪽으로 다시 섰죠?"

"길이라는 게 그래. 걷다 보면……."

스물네 굽이를 돌며

한 굽이를 뛰어 내려가기

"상우야."

"예."

"앞만 보지 말고 뒤를 돌아 우리가 내려온 길을 한번 쳐다봐라."

"봤어요. 오다가도 우리가 얼마큼 왔나 하고."

"네 생각에도 많이 온 것 같니?"

"예. 세 시간 반도 더 걸었는데……."

"그런데도 넌 아직 아빠한테 할 얘기가 많지?"

"예. 집에선 이렇게 많은 이야기를 하지 않았는데."

"좋니?"

"예. 힘이 들지만요. 그런데 아빠?"

"응."

"힘이 들더라도 이번 굽이는 한번 뛰어 내려가요."

"너 빨리 가고 싶은 모양이구나. 그냥 집에 빨리 가고 싶은 게 아니라 걷는 게 힘들어서 그걸 빨리 끝내고 싶어서 힘이 들어도 뛰자고 그러는 거지."

"한 굽이만요."

"그래. 그럼 그러자꾸나. 네가 뛰면 아빠가 네 걸음에 맞추마."

"그럼 저 지금부터 뛰어요."

한 굽이를 더 뛰어 내려가기

"아빠."

"응."

"멈추지 말고 이번 굽이도 뛰어요. 길지도 않은데."

"그래. 네가 뛰면."

조급함에 대하여

"아, 아……."

"상우야."

"아, 아파요."

"괜찮니?"

"발이 신발 안에서 미끄러졌어요. 아까부터 땀이 나서……."

"어디 보자."

"아아, 아파요. 세게 만지지 말아요."

"어디니? 발목이니?"

"예. 여기요."

"아프더라도 참아봐. 신발을 벗기고 아빠가 주물러볼 테니까."

"아. 아아……."

"엄살은……."

"엄살이 아니에요."

"그래도 참아봐. 이렇게 주무르면 괜찮아질 테니까."

"아. 아파요. 하지 말아요. 제가 주무를게요."

"그럼 네가 해 봐. 조심스럽게 땅에 발도 디뎌보고."

"아프긴 한데 크게 다친 것 같지는 않아요. 그냥 발목이 시큰했어요."

"다쳤으면 부어오를 거야. 괜찮니?"

"그런 것 같지는 않아요. 신발이 미끄러진 게 아니라 신발 안에서 미끄러진 거니까."

"일어설 수 있겠어?"

"일어설 수는 있죠."

"걷는 건?"

"좀 쉬면 괜찮아질 것 같아요."

"그냥 붙잡고 있지 말고 계속 주물러. 발 이리 내라."

"아, 안 돼요. 제가 할게요. 아빠가 하면 더 아파요."

"그럼 혼자 주물러 봐. 일어서서 발도 움직여보고."

"사실 신발이 조금 크거든요. 엄마는 늘 그래요. 꼭 맞는 신발을 사주시지 않고 늘 조금 큰 신발을 사줘요. 그래서 끈도 단단히 맸는데……."

"그것 봐라. 양말을 안 신으니까 더 그렇지."

"양말을 신으면 답답해요."

"그래도 먼 길을 걸을 땐 양말을 신어야지. 아빠 말을 안 듣다가."

"아빠도 할아버지 말씀 잘 안 들었으면서……."

"이 녀석이."

"아픈데 아빠가 약 올리시니까 그러죠."

"업어줄까?"

"싫어요. 아빠는 그러면 절 다시 아주 어린아이처럼 생각할 거잖아요."

"아빠가 아들 업어주는 게 어때서?"

"그래도 싫어요. 그렇게 업고 끝까지 갈 수도 없잖아요."

"한 굽이라도."

"그래도 싫어요. 아빠는 한 굽이만 업어주고도 이 길 다 내려올 때까지 업어준 것처럼 말하실 거잖아요. 내려가면 무적한테도 아빠가 형아 업어줬다고 그러실 거고, 할아버지한테도 그렇게 말씀드릴 거고."

"그래, 뛰니까 어떠니?"

"아픈데 자꾸 약 올리지 마세요."

"한 굽이 더 뛸까?"

"아이, 아빠!"

"물 줄까?"

"예."

"그래서 어떤 일도 조급하게 생각해서는 안 되는 거야. 아빠도 빨리 어른이 되고 싶었다고 그랬지? 그래서 그것 때문에 금방 두 배는 더 힘들어졌다고. 지금 네가 그런 거야."

"알아요."

"뛰어온 것만큼 두 굽이를 우리는 빨리 내려왔어. 그렇지만 앞으로 가야 할 길이 그 두 굽이 때문에 얼마나 힘들게 될지 모르는 거야."

"여기서 쉬지 말고 저기 계곡에 물 흐르는 데 가서 좀 쉬었다 가요."

"그래, 세수도 하고."

"아빠는 제가 이럴 줄 알았죠?"

"알면?"

"그럼 왜 안 말렸어요?"

"힘들어질 거라는 건 알았지만 넘어질 것까지 안 건 아니지. 그리고 이젠 그런 것도 네 스스로 알아야 할 일이니까. 아빠가 그랬지? 삶이 이 길 같다고. 너는 네 스스로 다 자랐다고 생각하지만 어른이 되는 것도 그렇게 쉬운 게 아니야. 생각은 어른처럼 해도 아직 아이처럼 행동할 때가 있고, 또 행동은 어른처럼 해도 생각이 못 미칠 때도 있는 거고."

"시원해요, 물이."

"아주 옛날부터 흘렀던 물이란다. 이 길을 걷던 사람들마다 이 물을 마셨을 거고."

"처음 뛸 때엔 더 오래도 뛸 것 같았는데."

"아빠도 그랬지만 무엇이 빨리 되고 싶다거나, 무엇을 빨리 이루고 싶다는 건 욕심이야. 암만 뛰어도 우리는 고작 두 굽이만 빨리 온 거야. 걸어야 할 땐 걸어야 하는 게 우리 삶이야. 아빠도 할아버지도, 그리고 증조할아버지, 고조할아버지, 그 할아버지의 할아버지들도 수없이 이 고개를 넘나들어도 너처럼 한 번 뛰어서 이 고개를 넘지는 않았을 거다. 그분들은 오래 가야 하고 또 오래 걸어야 할 길을 어떻게 걸어야 하는지를 알았으니까. 이런 고개를 넘을 땐 천천히, 그리고 뚜벅뚜벅 걷는 게 가장 확실하다는 걸 말이지. 뛰고 싶은 걸 참는 것도 지혜인 거야."

"정말 그런가 봐요."

"뛰어오면서 우리는 우리가 온 길 옆에 무엇이 있었는지도 모르고 왔잖니?"

"그거야 다른 굽이에도 있는 나무와 풀인데요, 뭐."

"그렇지만 모든 나무가 다 같지는 않고, 모든 풀이 다 같지는 않지. 같은 종류의 풀도 바람에 흔들리는 모습은 다를 수가 있는 거고. 일부러 그것을 살피며 걷는 게 아니라 하더라도 우리는 빨리 온 두 굽이를 힘은 몇 배로 힘들게 쓰며 마음속에선 잃어버리고 온 것인지 몰라."

"그것도 우리가 사는 것에 대한 이야기죠."

"그래. 살아가며 어느 시기는 스스로는 더 바쁘고 더 열심히 살았던 것 같은데 돌아보면 오히려 그 시간을 잃어버리고 낭비한 것 같은 것 말이다. 어떤 어른들은 자기가 정신없이 살았던 걸 자랑처럼 여기기도 하는데 그건 결코 자랑할 게 아니란다."

"아빠는 그런 적이 없어요?"

"왜 없어. 아빠도 그랬지."

"옛날에 빨리 어른이 되고 싶어했던 것 말고요."

"후에도 그랬다. 소설가가 되고 나서도 더 좋은 글을 빨리 많이 써야겠다고 정신없이 살았던 때도 있었고."

"지금은요?"

"천천히 더디 가도 사람 생각을 하며 가고 싶다."

"아빠는 제가 알아듣기 쉽게 말하는데 어떤 건 제가 금방 알아듣고 또 어떤 것은 알아들은 것 같기도 하고 또 못 알아듣는 것 같기도 하고 그래요."

"괜찮아. 우리가 살다 보면 못 알아들었는데도 사는 데 도움 되는 말이라는 게 있거든."

"지금 그 말도 그렇고요."

"괜찮다니까. 조급한 마음에 서두르면 아무것도 안 되는 거야. 들었다가 나중에 다시 생각나는 말도 있는 거고."

"정말 아빠도 옛날에 할아버지와 함께 이 길을 걸었다면 참 좋았을 텐데."

"너는 좋니?"

"예. 힘이 들어도요."

"걸을 수 있겠어?"

"예."

"걷기가 힘들면 지나가는 다른 사람 차를 태워달라고 그러고."

"걸을 수 있어요. 그냥 미끄러져 넘어진 거지 다친 건 아니에요."

"손바닥은 괜찮고."

"그냥 긁힌 것뿐이에요."

"그럼 또 걷자. 마지막으로 세수 한 번 더 하고."

스물일곱 굽이를 돌며

너희들을 키우며 아빠가 안타까웠던 것

"아빠."

"응."

"이런 것 물어도 돼요?"

"어떤 것?"

"절 키우면서 아빠는 언제 제일 안타까웠어요?"

"네 생각엔 언제였을 것 같니?"

"제가 말을 잘 안 들었을 때요."

"아니다."

"그럼 제가 무적하고 싸울 때요."

"그것도 아니고."

"그럼 제가 아플 때요."

"그래. 그럴 때 아빠는 안타깝지."

"그중에서도 언제 제일 안타까웠는데요?"

"네가 전에 교통사고로 입원했을 때……."

"아, 알아요. 1학년 때 학교 가다가."

"너희들이 아프면 아빠가 대신 아파주고 싶거든. 그건 어느 아빠 엄마나 다 똑같을 거야. 네가 말하던 아빠에 대한 할아버지 마음도. 그때 얼마나 놀랐는지 모른다. 사무실에서 아빠가 엄마 전화를 받았는데, 차 안에서 줄곧 기도를 하며 병원으로 갔단다. 아니, 너? 이 세상에 너희가 없으면 아빠 엄마에겐 너희가 없는 것이 아니라 이 세상이 없는 거야."

"알아요."

"이 세상에서 아무리 무거운 것을 저울로 달아도 엄마 아빠한텐 너희보다 더 무거운 건 없어. 그래서 너희가 아프면 엄마 아빠가 아프고, 너희가 기쁘면 엄마 아빠도 기쁘고 그런 거야."

"길을 가는데 뒤에서 자동차가 와서 저를 툭, 하고 쳤어요."

"그때 다행히 얼굴에 가방을 안고 쓰러져서 괜찮았던 거야. 엄마 아빠는 그 가방에게도 감사했단다. 할아버지가 입학 선물로 사주신 가방인데, 할아버지께도 감사하고."

"저도 감사해요. 할아버지께."

"엄마는 지금도 누가 전화를 걸어 거기 이상우 집이죠? 하면 가슴부터 덜컹해진다더라. 그때 그 일 때문에."

"죄송해요, 아빠. 그때 인도로 걸어갔는데도 그랬어요."

"그래. 인도에서 다쳤으니까 그만했지. 그때 아빠가 그랬지? 인도에서도 이렇게 사고가 나는데 인도가 없는 길에선 얼마나 더 조심을 해야겠냐고. 건널목을 건널 때에도 그렇고."

"예. 그래서 저도 늘 조심하고 있어요. 무적한테도 그렇게 말하고요."

"아빠가 길에서 다른 사람보다 더 조심해서 운전하는 것도 아마 그 일 때문일 거야. 좁은 길에선 더욱 그렇고. 상우야."

"예."

"세상에 너희가 없으면 엄마 아빠한텐 이 세상이 없는 거야. 알았지?"

"알아요. 엄마 아빠 우리 사랑하시는 거."

"너희들이 겪는 작은 아픔도 엄마 아빠에겐 큰 아픔이 돼. 엄마가 무적이 애기일 때 그렇게 말하는 거 들었지?"

"어떻게 말하는 거요?"

"무적이 모기에라도 물리면……."

"엄마는 지금도 그렇게 말해요. 엄마를 물지 왜 우리 무적을 물었느냐고. 그러면 무적은 그게 무슨 뜻인지도 모르고 엄마, 모기가 엄마를 물지 왜 날 물었어? 하고요. 그게 엄마를 위하는 말인 줄 알고."

"무적이니까."

"그래도 무적도 엄마 아빠가 아프면 얼마나 걱정을 하는데요."

"너희들이 말을 잘 안 듣고, 또 공부도 잘 안 하고 하면 왜 그러냐고 야단도 치지만 그러다 너희들이 조금이라도 어디 아프거나 다치기라도 하면 오직 한 생각뿐이란다. 공부를 못해도 좋고, 말 안 들어도 좋으니 건강하고 씩씩하게만 자라달라고. 이 세상 모든 엄마 아빠들이."

"알아요, 아빠. 그러니까 아빠도 이제 할아버지에 대해서 마음이 더 편해졌으면 좋겠어요."

"그래. 이 길 내려오는 중간부터 그랬다. 너하고 이야길 하며."

"정말요?"

"그래. 마음속으로는 아직 조금 걱정이 있어도."

더불어 사는 세상에 대한 너희들의 생각

"아빠."

"응."

"아빠는 오늘 올 때 저하고 무슨 얘기를 나눠야지, 하고 미리 생각하고 오셨어요?"

"아니."

"그런데 꼭 준비를 하고 오신 것 같아요."

"너는?"

"조금 준비를 했어요. 아빠하고 할아버지 일은요. 그게 옆에서 보는 우리한테도 힘이 들었거든요."

"알아. 아빠가 때로는 우리 가족 모두 힘들게 하는 거."

"아빠."

"응."

"제가 아빠 아들이잖아요."

"그럼 아빠 아들이지."

"그럼 아빠 아들로 아빠가 저를 처음 믿었던 건 언제예요?"

"너, 우리가 월계동에 살 때 기억나니?"

"그럼요, 3학년 2학기 때 이쪽으로 이사를 왔는걸요."

"거기, 영신이 형아도 기억나고?"

"예. 엄마 아빠 없이 할머니하고 사는 형아요. 나보다 두 살이 더 많고요."

"아마 2학년 크리스마스이브였을 거야. 그날 네가 그랬단다. 저녁에 어디 좋은 데 저녁 식사를 하러 가기로 했는데, 네가 그랬어. 우리 어디 가지 말고 영신이 형아하고 우리 집에서 함께 저녁 먹고 놀면 안 되느냐고."

"알아요. 기억나구요."

"그건 아빠 엄마도 영신이 형아한테 줄 작은 선물만 생각하고 미처 생각하지 못했던 건데 말이지. 더구나 그때 동네 아줌마들은 영신이 형아를 좋게 보지 않았거든. 너도 알지, 그건?"

"알아요."

"그 형아가 즈 아들하고 함께 집에 놀러 왔다 가면 무엇이 없어졌나, 하는 것도 살피고. 우리 집에 영신이가 자주 드나드는 것도 좀 이상하게 보고."

"아줌마들이 몰라서 그렇지 그 형아 공부는 어떻게 했는지 모르지만 참 착했어요."

"그래서 즈 아들한테도 영신이 형아하고 같이 놀지 말라고도 말하고. 그때 어느 코미디 프론지 '인생에 도움이 안 된다'는 말이 유행했어. 그런데 그 말을 어린 즈 아들한테 인생에 도움이 안 되니까 그런 형아하고 놀지 말라는 말도 하고."

"정말 그랬어요. 그때 동네 아줌마들이. 그래서 우리 집에 더 자주 놀러 오고요. 놀러 갈 데가 없으니까."

"그때 그 말을 듣고 아빠가 엄마에게 그랬단다. 그런 여자들이야말로 아이들 인생에 도움이 안 되는 어른들이라고. 그런 말은 영신이 형아한테만 죄를 짓는 게 아니라 인류에게 죄를 짓는 것이거든. 더구나 어린아이에게 그런 말을 하는 것은."

"맞아요. 엄마 아빠가 없다고……."

"때론 자기 아이들이 바르게 잘 크기를 바라는 어른들의 마음이 오히려 자기 아이들이 바르게 크는 걸 방해할 때가 있는 거란다. 그게 바로 어른이 가지고 있는 이기심이라는 병이거든. 알지? 이기심이 뭔지."

"알아요. 그때 어른들이 아이들에게 그렇게 말하는 거요. 자기하고 자기 가족만 생각하고."

"그때 네가 그 말을 할 때 아빠는 마음속으로 네가 얼마나 대견했는지 모른다. 앞으로 어떤 일이 있어도 널 믿을 수 있을 것 같은 생각이 들었어. 너, 아빠가 아들을 믿는다는 게 무슨 뜻인지 아니?"

"무슨 뜻인데요?"

"그건 너의 미래를 믿는다는 뜻이야. 앞으로 어떤 일을 하고 살아도 세상을 아름답게 하겠구나 하고. 또 어린아이를 믿는다는 건 인류의 미래를 믿는다는 것이기도 하고."

"무적은요?"

"무적도 믿지. 무적도 작은 생명의 소중함을 어른보다 더 잘 아니까. 아까 아빠가 너희들이 이 길을 넘는 동안 어른이 된다고 그랬지?"

"예."

"그러면서 이 길섶에 아이다움을 하나씩 잃어버리게 될 거라고."

"예."

"그렇지만 이 길을 한 번씩 넘을 때마다 너희들은 자연에 대한 깊은 이해를 가지게 될 거야. 그건 아빠가 너희들에 대해, 그리고 이 길에 갖는 믿음이란다. 이제 곧 노을이 밀려들 거야. 그러면 저 산꼭대기를 쳐다보렴. 얼마나 장엄한지."

"오래 기억에 남을 거예요. 저한테 오늘 이 길이……."

"아마 아빠한테도 그럴 거다. 오늘 우리가 걷는 이 길이……."

스물아홉 굽이를 돌며

아들의 여자 친구

"아빠."

"응."

"아빠는 저를 늘 어리게만 보시는데요, 그래도 제가 컸다고 생각될 때가 있었을 것 아니에요."

"그럼, 가끔 그런 생각이 들 때가 많지. 말을 안 해서 그렇지."

"어떤 때 그런 생각이 드는데요?"

"널 좋아하는 여자 친구도 있고, 또 네가 좋아하는 여자 친구가 있고, 그런 걸 보면서도 아빠는 네가 커가는구나 하는 걸 느끼지."

"알아요?"

"그럼 알지. 예전에는 어떤 전화도 거실에서 받더니 언제부

턴가 네가 네 방에 들어가 전화를 받는 걸 보면서도 저 자식이 다 컸네, 그런 걸 느끼고. 아빠는 그게 누구 전화라는 것도 안다. 우리 집에 놀러 오는 아이들 중 누군지 얼굴도 알고."

"말하지 마세요."

"왜 부끄럽니?"

"그럼, 아빠가 그런 얘기를 하는데 안 부끄러워요?"

"넌 그걸 무적이 놀려도 부끄럽지. 그래서 무적한테 신경질도 내면서."

"자꾸 놀리니까 화가 나니 그렇지요."

"그건 화내는 것하고는 또 다른 거야. 속으로는 그런 놀림도 좋으면서 겉으로 화를 내는 거라는 것도 아빠가 알거든."

"그러니까 더 부끄러워지잖아요."

"지금 얼굴도 빨간데 뭘."

"아빠가 자꾸 그러니까 그렇죠."

"아빠는 다 알아. 일부러 본 건 아닌데 편지도 여러 번 봤었고."

"그런 걸 보면 어떻게 해요?"

"어느 날 네 책상 정리를 해주다 봤다."

"그래도 그렇죠. 봐도 그냥 놔두셔야지."

"네가 더 크면 안 그래. 지금은 그런 걸 보는 것도 엄마 아빠한텐 기쁨인데 뭘. 이 녀석이 이렇게 크는구나, 하고."

"아빠는 초등학교 때 좋아하는 여자 친구가 없었어요?"

"왜 없었겠니? 있었지만 지금 너희들처럼 그렇게 하지 않았던 거지. 그땐 전화도 없었고, 편지를 쓰는 일도 쉽지 않았지만 어떻게 보면 그런 생각을 하는 것도 쉽지가 않았던 거야. 그러니까 그냥 마음속으로 바라만 보았던 거지. 그런데 너희들은 교실에서 매일 보면서도 전화도 자주 하고 편지도 자주 하고 그러잖니. 그런데 시절이 바뀌어서 그런지 그런 게 이젠 아빠 눈에도 예쁘게 보인다는 거야. 네가 그 여자 친구에게 신사처럼 대해주길 바라고. 알지? 무슨 말인지."

"알아요. 그런데 아빠가 초등학교 때 좋아하던 여자 친구는 지금 뭐 해요?"

"그걸 어떻게 아니? 아빠만 마음속으로 좋아했는지, 아니면 그 아이도 아빠를 좋아했는지 그런 것도 모르는데. 아빠가 여자 친구에게 신사처럼 대하라는 건 그냥 멋있게 대하라는 게 아니야. 멋있게도 보여야겠지만 믿음직하고 친절하게 대하라는 거야. 내가 저런 친구를 좋아했나, 하고 실망하지 않도록."

"알아요. 그런데 걔도 아빠가 소설가인 걸 좋아해요. 그래서 아빠에 대해서 많이 묻고요."

"널 좋아하니까 아빠까지 좋아 보이는 거지."

"아빠. 그런데요, 우리 반에 거시기 한 여자애들이 열여덟 명이에요."

"거시기라니?"

"거시기요. 엄마가 가슴에 하는 거요. 했는지 안 했는지 표가 잘 안 나면 뒤에서 손으로 쓱 만져보면 다 알아요. 누가 거시기 했는지."

"이 녀석이. 넌 그런 게 신사답지 못한 행동이라는 것도 모르지?"

"전에 우리 반 남자애들하고 같이 거시기 한 여자애들이 몇 명인지 세어봤거든요. 히히…… 그런데 걔도 거시기를 했어요."

"그런 게 그렇게 궁금하니?"

"히히…… 재미있잖아요. 이상하기도 하고요."

"그건 너희들 나이가 그런 것에 대해 호기심이 많아서 그래. 그래도 신사답지 못한 행동을 하면 안 되는 거야. 그렇게 하면 여자 친구들이 부끄러워하지 않니?"

"그냥 딱 한 번 그랬던 거예요. 이젠 안 그러고요."

"엄마는 우리가 이런 얘기를 하는지 모를 거다. 아빠하고 아들이 거시기 얘기를 하는지 말이지."

"그런데 아빠."

"응."

"아빠는 왜 저희들하고 같이 목욕을 안 다니세요?"

"그랬니? 아빠가?"

"예. 아주 어릴 땐 데리고 다니다가 이젠 무적하고 저하고만 보내잖아요. 저희들은 아빠하고 계속 목욕 다니고 싶은데. 집에서 목욕할 때에도 아빤 저희들하고 같이 안 하고요. 그냥 옷을 입고 들어와 때만 씻겨주지……."

"아마 그건 아빠가 너희들과 함께 목욕하는 데 익숙하지 않아서 그럴 거야. 어릴 땐 엄마가 하도 너희들을 데리고 가라고 하니까 어쩔 수 없이 그랬던 거고."

"왜 익숙하지 않은데요? 다른 애들은 다 아빠하고 함께 다닌다는데."

"아빠는 아직 한 번도 할아버지와 함께 목욕을 가보지 않았거든. 하기야 아빠가 어릴 땐 집 부근에 어른과 함께 다닐 목욕탕이 있었던 것도 아니고. 아빠가 큰 다음엔 남들은 자기 아버지와 함께 목욕탕에 가면 아버지가 친구처럼 가깝게 느껴진다던데 아빠는 한 번도 그렇게 해보지 않아서인지 왠지 그런 일이 어른들에 대해 불경스럽게 느껴졌단다. 어릴 때 아이들하곤 다른 어른의 몸을 보는 것도 불경스러운 일이라고 생각했고, 또 자식으로서 부모의 맨몸을 보는 것도 그렇게 생각했고. 아마 그래서일 거야."

"이건 제 생각인데요. 아빠가 할아버지하고 자주 목욕을 다니고 했다면 아빠도 할아버지를 마음속으로 그렇게 무섭고 어렵게만 생각하지 않았을지 몰라요."

"그럴까?"

"다음부터는 아빠도 그렇게 한번 해보세요. 할아버지 댁에 가서도 할아버지를 모시고 목욕탕에도 가고, 또 할아버지께서 서울에 올라오셨을 때에도 함께 가보고요. 그리고 저희들하고도 함께 다니고요. 저희들은 그게 좋거든요."

"그래. 그럼 서울에 간 다음 너희들하고부터 다시 그렇게 해보자. 그래서 너희하고 아빠가 더 가까워질 수 있으면 말이지."

"정말 이런 얘기까지는 할 줄 몰랐는데……."

"아빠도 그렇다."

이 세상에서 가장 불쌍한 어른

"그런데 아빠."

"응."

"그런데 왜 어른들은 자기만 생각하고 자기 가족만 생각할까요?"

"넌 왜 그런 것 같니?"

"욕심이 많아서요."

"그래. 그건 욕심이 많아서 그런 거야. 아빠가 아는 어떤 어른 이야기를 해줄까?"

"어떤 어른인데요?"

"아빠가 지금은 회사를 다니지 않지만 전에 오래도록 회사를 다니며 본 나이가 많은 어른이란다. 그런데 아빠가 보니까 그 사람은 다른 사람과의 관계에서 한 번도 손해를 보지 않아. 아예 손해가 날 일은 하지 않는 사람이었어. 순간순간 이게 나한테 이익이 되는가 안 되는가 하는 것만 생각하고 그 판단에 따라 행동하는 거야. 그래서 다른 사람들도 그 사람을 보고 그 사람은 절대 손해 볼 일을 하지 않는 사람이라고 그러고, 그 사람도 그 말을 자랑처럼 생각하고 말이지. 아마 아빠가 보기에 그 사람은 평생을 그렇게 산 사람 같았어. 누가 회사에서 숙직(너, 숙직이 뭔지는 알지?)을 바꾸어달라고 해도 자기가 하는 날과 부탁을 받아 바꾸어서 하는 날 중 어느 날에 하는 것이 자기에게 더 편한가 하는 것까지 생각하는 사람이었으니까. 누군가 자기에게 어떤 일을 부탁해도 그 부탁을 들어주었을 때와 들어주지 않았을 때를 생각하고. 그렇다고 해서 그 사람이 회사에서 자기와 나이가 비슷한 사람들보다 더 잘되어 있는 것도 아니고, 남보다 많은 돈을 벌었던 것도 아니었어. 가만히 보니까 회사 사람들 모두 오히려 그 사람을 피하는 것 같더구나. 왜 찔러도 피 한 방울 안 나올 것 같다는 말을 듣는 사람 말이다."

"그런데요?"

"그 사람을 보며 아빠는 이런 생각을 했단다. 저 사람은 평생 남한테 해를 끼치지 않았는지는 모르지만 반대로 남한테

한 번도 이익 되는 일을 해본 적이 없을 것 같다고 말이지. 평생 어느 한순간에도 손해를 보지 않고 살아왔지만 돌아보면 살아온 날 전부를 손해 보며 살아온 사람 말이야. 너 지금 아빠가 무슨 얘기를 하는 건지는 알지?"

"알아요. 이기심요."

"이기심이라는 건 바로 그런 거야. 자기 이익을 위해 남한테 손해를 주는 것만 이기심인 게 아니라 그때그때 계산하면 자기에게 손해가 없지만 그것들이 뒤로 쌓여 살아온 날 전부가 손해인 것, 그러면서도 그게 손해인지 모르고 사는 게 바로 이기심 때문인 거야."

"그런 어른들은 불쌍해요."

"그런데도 스스로 그걸 모르니까 마음의 병 같은 것이지."

"그런데 아빠. 이제 막 노을이 밀려오는 것 같아요."

산속에서 노을을 바라보기

"저기 저 산꼭대기 쪽을 잘 봐."

"보고 있어요, 아빠."

"점점 붉어지지?"

"예."

"이제 노을이 완전히 져서 없어질 때까지 우리 아무 말도 하지 말고 걷자. 그냥 뒤돌아 노을만 보면서."

"예, 아빠."

"장엄하지?"

"예. 쓸쓸하기도 하고요."

어린 철학자들

"아빠."

"응."

"아까 노을이 질 때요, 아빠 얼굴도 빨개졌어요."

"그래. 네 얼굴도."

"이제 어두워지고 있어요, 점점. 자동차들도 불을 켜고요."

"그러니까 더 조심해서 걸어야 해. 이쪽으로 바짝 붙어 서서."

"자동차들이 지나가니까 어두워도 무섭지는 않아요."

"그래도 조심해야 해. 자동차 안에 있는 사람 아무도 바깥길 옆으로 누가 걸어간다고 생각하지 않을 테니까."

"그런데 노을을 보면서 아빠는 무슨 생각을 했어요?"

"어릴 때 집 앞에서 노을을 바라보던 생각."

"어떤 생각들요?"

"어릴 때 아빠는 노을이 지면 가만히 쭈그려 앉아 그걸 바라보는 걸 참 좋아했단다. 동구 밖에서 동네 아이들과 함께 놀다 보면 어느새 해가 이쪽 대관령 너머로 뉘엿뉘엿 기울고, 그러면 멀리 이 산 꼭대기에서부터 노을이 밀려드는 거야. 조금 전 우리도 봤지만 붉게 산 너머로 노을이 밀려오면 하늘은 하늘이라기보다는 차라리 붉게 타오르는 바다처럼 보이거든. 그러면 가만히 쭈그려 앉아 해는 왜 동쪽 바다에서 떠서 서쪽 산으로 지나 그런 생각도 하고, 해가 질 때 노을은 왜 이렇게 아름답게 지나 그런 생각도 하고, 저기에 빠지면 어떻게 될까 그런 생각도 하고, 또 그런 생각을 하다 보면 나는 어디서 왔을까, 살다가 죽으면 어디로 갈까 그런 생각도 하고, 또……."

"어릴 땐데도 그런 생각을 했어요?"

"그럼 너는 한 번도 그런 생각을 안 했니?"

"아뇨. 침대에 누울 때 가끔요."

"잘 때 말이냐?"

"예. 낮에는 그런 생각이 안 들다가 잘 때 혼자 방에 누우면 그런 생각이 들어요. 나는 어디서 왔을까, 이다음 죽으면 어디로 갈까, 죽는다는 건 어떤 것일까, 죽어서 몸이 없어져도 정신은 정말 남아 있나, 남아 있으면 어떤 모습으로 남아 있나,

그런 것들요."

"아빠도 그랬어."

"그런데 그런 생각을 하면 저절로 무서워져요. 그러다 잠이 들고요."

"아빠는 이렇게 생각한다."

"어떻게요?"

"너처럼 그런 생각을 처음 했을 당시엔 잘 몰랐는데, 크고 나니까 어릴 때 그런 생각이 바로 우리가 철학을 하는 마음의 시작이 아니었을까, 하고 말이다."

"철학이 뭔데요?"

"뭐라고 말해야 네가 알아들을 수 있을까. 이렇게 생각하면 되겠다. 네가 잠자리에 누워서 생각하는 대로 삶과 죽음에 대한 깊은 생각이라고 하면 되겠다. 그러니까 삶과 죽음뿐 아니라 살아가는 동안 인생에 대한 깊은 생각일 수도 있겠고, 우리 정신에 대한 깊은 생각일 수도 있겠고, 또 우주와 우주의 질서에 대한 깊은 생각일 수도 있겠고."

"누구나 어릴 때부터 다 그런 생각을 할까요?"

"아마 그럴 거다. 무적도 조금만 더 크면 그럴 테고."

"어떤 때는 이런 생각도 들어요."

"어떤 생각이 드는데?"

"우리가 죽은 다음 정신도 몸과 함께 없어지고, 또 정신이 가 살 세상도 처음부터 없고, 그러면 너무 허무하잖아요. 그런 날은 그게 무서워서 잠이 잘 안 와요. 그러다 아침에 깨면 이상하게 지난밤에 했던 무서운 생각에서 벗어나고요."

"그것도 네가 크느라고 그래. 몸만 크는 게 아니라 그 몸 안의 마음도."

"언젠가 이 세상에서 내가 없어진다는 게 무서울 때도 있어요."

"아빠도 그랬다."

"그럼 지금은 아빠한테 그런 게 무섭지 않나요?"

"너희들이 아빠 곁으로 온 다음엔."

"그러면 저희들을 두고 가는 건데도요?"

"아빠가 이렇게 말하면 네가 이해할 수 있을지 모르겠다."

"어떻게요?"

"너에게 이런 얘기를 해도 좋을지 모르겠다만 우리 뭐든지 다 이야기하자. 예전엔 아빠가 없어도 아빠가 차고 있던 시계는 아무 일 없었다는 듯 돌아갈 거라는 생각에 아빠 마음이 편하지 못했던 때가 있었어."

"그런데 지금은요?"

"지금은 아빠가 없어도 아빠가 차고 있던 시계가 아무 이상 없이 돌아갈 거라는 생각이 오히려 아빠 마음을 아주 편하게 하지. 너희들이 있고, 너희들 다음 세계가 있으니까."

"그건 왜 그런데요?"

"너희들에 대한 믿음이지. 그리고 너희들과 또 너희 다음에 올 세대에 대한 믿음 때문이고."

"그래도 아빠, 우리 곁에 오래 있어야 해요."

"그래, 꼭 그럴 거다."

"아빤 사람이 죽은 걸 언제 처음 봤어요?"

"초등학교 3학년 때 느 증조할머니가 돌아가셨을 때."

"할머니가 돌아가신 걸 봤어요?"

"그래."

"돌아가신 할머니의 얼굴도요?"

"그래."

"무섭지 않으셨어요?"

"아니. 그냥 잠드신 모습 같았어. 그러다 자라면서 다른 죽은 사람들의 얼굴을 보면서 조금씩 그게 무서워지기 시작했고."

"제일 무서웠던 얼굴은 어떤 건데요."

"길가에서 자동차 사고가 났을 때의 모습들이 그랬어."

"저는 아직 한 번도 죽은 사람의 얼굴을 못 봤어요."

"자라면서 어쩔 수 없이 그런 모습을 보게 될 거야. 그리고 넌 이다음 어쩔 수 없이 아빠 엄마의 그런 얼굴도 봐야 하고."

"싫어요."

"싫어도 그것도 네 삶이니까."

"아빠."

"응."

"이런 얘기 그만해요. 어두워지는데 이런 얘기를 하니까 다시 무서워지려고 해요."

"그런데 우리 몇 굽이 돌았지?"

"저도 중간에서 안 세기로 했어요. 돌아도 돌아도 끝이 없고요."

"그래도 이제 몇 굽이만 더 내려가면 산 아래야. 거기서 다시 다른 산길을 타면 되고."

아이들의 장래를 생각하는 야구감독

"아빠."

"응."

"이제 아까 같은 얘기하지 말고 다른 얘기해요."

"그런데 어쩌다 우리 그런 얘기를 했지?"

"몰라요."

"그러면 아빠가 너희들에게 어떻게 해주었으면 좋겠는지 말해봐. 평소 아빠한테 가지고 있던 불만도 좋고."

"아빠."

"응."

"아빠는 글을 쓰시는 분이잖아요. 그런데 왜 저희들한텐 글 쓰는 걸 안 가르쳐줘요? 다른 숙제는 다 도와줘도 글쓰기 숙제는 도와주지 않고요. 남들은 다 아빠가 저희들 글짓기를 도와주는 줄 알고 있어요."

"그건 너희들의 세계를 다치게 하고 싶지 않기 때문이야. 아빠가 글을 쓰는 사람이니까 더욱."

"그러니까 더 도와줘야지요. 아빠는 이다음 우리가 글을 쓰는 사람이 되는 게 싫으세요?"

"그렇지는 않아. 무엇을 하든 너희들이 하고 싶은 일을 하는 사람이 되면 되는 거니까."

"그런데 왜 그런 걸 안 가르쳐주시려고 해요?"

"네가 기억하는지 모르겠다. 1학년 땐가 네가 일기를 쓰는 걸 도와준 적이 있는데 말이지."

"그런데요?"

"그때 네가 이런 일기를 썼어. 놀이터에서 흙장난을 하며 놀았던 것을 썼는데, 제일 마지막 부분을 이렇게 썼어. 햇빛이 반짝반짝, 참 기분이 좋았다. 그 한 구절만 보고도 아빠는 네가 어떻게 놀았는지, 또 얼마나 재미있고 신나게 놀았는지 안 봐도 눈에 훤히 보이는 것 같았어."

"제가요?"

"그래서 아빠가 칭찬을 했지. 햇빛이 반짝반짝 참 기분이 좋았다고 쓴 걸 너무 잘 썼다고. 그랬더니 그다음부터 네가 그

칭찬을 생각하며 일기를 쓰는 거야. 바람이 살랑살랑 기분이 좋았다, 그렇게도 쓰고, 나무가 흔들흔들 어지러웠다, 그렇게도 쓰고. 이틀마다 거의 한 번씩."

"저는 잘 몰라요."

"그래서 아빠가 생각했다. 어린 네 상상력은 하늘만큼 큰데 오히려 아빠가 잘못 칭찬해 그 상상력을 한자리에 붙들어 매고 있구나, 하고. 아빠는 그런 사람을 많이 봤거든."

"어떤 사람요?"

"아빠 중학교 때에도 그랬고, 고등학교 때에도 그랬고, 아빠 옆에는 글을 잘 쓰는 친구들이 참 많았단다. 또 그런 친구들을 선생님이 칭찬해주시고. 그런데 지금 그 친구들은 아무도 글을 쓰지 않아. 가만히 생각하니까 그 친구들이 그때 글을 잘 썼던 건 어른들의 흉내를 내며 선생님한테 칭찬받을 글만 썼던 거야. 그러는 동안 더 크게 펴져 나갈 수 있는 자기 세계를 좁게 만들면서. 그래서 아빠는 앞으로도 네 글을 가만히 보기로만 했어. 너희들이 아무리 잘 써도 어른만큼 잘 쓸 수 있는 것은 아니지만 그 대신 너희들의 상상력은 끝이 없거든. 자칫 잘못 칭찬하거나 또 가르치려고 들면 오히려 너희들의 큰 세계를 작게 만들 수 있는 거란다."

"그래도 그렇죠."

"너, 윤태 아저씨 알지?"

"알아요, 야구감독 아저씨."

"너도 잘할 줄은 몰라도 야구에 대해서는 좀 알지? 직구도 알고 커브도 알고 포크볼도 알고. 그게 어떻게 던지는 공인지는 말이다."

"예. 변화구잖아요."

"언젠가 아빠가 넌 몇 년이나 야구감독하면서 그래 어떻게 한 번도 우승을 못 시키냐니까 그 아저씨가 아빠한테 이런 말을 했어."

"어떤 말요?"

"자기는 우승을 생각하는 감독이 아니라 어린 선수들의 장래를 생각하는 감독이라고. 중학교 선수들은 너희들처럼 아직 한참 더 커야 할 선수들이거든. 키도 커야 하고 뼈도 커야 하고. 그런데 다른 감독들은 그런 선수한테 어깨에 무리를 줘 가면서 커브라든가 포크볼 같은 변화구를 던지게 하고 그러거든. 그렇지만 윤태 아저씨는 자기 학교 선수한텐 꼭 직구만 던지게 하는 거야. 커브볼이나 포크볼 같은 변화구는 이다음 어깨가 완전히 자리 잡은 다음 던져도 늦지 않다고 말이지. 그러니까 전국대회에 나가 투수력에서 밀리는 거지. 우승도 그런 팀이 하고. 윤태 아저씨는 우승보다는 앞으로 더 자라야 할

선수들의 어깨를 보호해주며 기본기만 튼튼하게 가르치고 있는 거야. 그건 윤태 아저씨가 누구보다 잘 알고 있는 일이니까. 윤태 아저씨도 고등학교 2학년 때까지는 날리던 투수였는데 3학년 때부터 어깨가 고장을 일으켰어. 그리고 지금은 이 세상에서 가장 훌륭한 야구감독이 되어 있는 거고."

"아, 그랬구나. 그 아저씨가."

"네 주변을 봐라. 이것저것 과외며 학원을 대여섯 군데 다니는 아이들도 있지?"

"예."

"미술학원도 다니고 음악학원도 다니고 글짓기 교실도 다니고, 영어 공부 하러 다니고."

"많아요, 그런 애들."

"말로는 아이들을 위해서 가르친다고 하지만 어쩌면 그건 어른 스스로의 조바심 때문에 아이들의 어깨를 혹사시키고 있는 것인지 몰라. 아빠는 그렇게 생각한다."

"저하고 무적도 태권도 다니는데요, 뭐."

"그건 아빠 조바심이지. 너희들이 밥을 잘 안 먹으니까 운동이라도 하면 좀 나을까 하고. 다니기 싫니?"

"아뇨. 재미있어요. 공부하는 것도 아니고."

"그저 공부만 안 하면 다 좋지."

"그럼요. 다 가서 물어보세요."

"안 물어봐도 알아. 아빠도 옛날에 그랬으니까."

"히히, 재밌다. 저는 아빠도 어릴 때 우리하고 똑같이 생각하며 컸다는 게 너무 신기해요. 어떤 때 보면 어른들은 그냥 어른이 된 것처럼 보일 때가 많거든요."

서른다섯, 서른여섯 굽이를 돌며

우정에 대하여

"이제 많이 어두워졌지?"

"예. 별도 하나둘 보이고요."

"이제 몇 굽이만 더 내려가면 우리가 내려가야 할 대관령은 다 내려가는 거야. 거기서부턴 다시 작은 산길로 가면 되고."

"아빠. 아빠는 윤태 아저씨 말고도 친구가 많죠?"

"그럼 많지."

"그런데 누구하고 제일 친하세요?"

"그건 잘 모르겠다. 어느 친구하고도 다 친하니까. 전에 할아버지 댁 앞에서 본 친구하고도 친하고, 또 학교 다닐 때의 친구, 나중에 글을 쓰면서 알게 된 친구, 서울에 와서 살면서 알게 된 친구, 그런 친구들이 모두 아빠 친구니까."

"그중에서 아빠하고 제일 오래 사귄 친구는 누구세요? 전에 할아버지 댁 앞에서 본 그 아저씬가요?"

"그래. 그 아저씨도 아주 오래된 친구지. 한마을에 태어나 지금까지 친구로 지내고 있으니까. 그렇지만 아빠한텐 그 친구보다 더 오래된 친구도 있어."

"어떤 친군데요?"

"사귄 지가 아마 백 년도 더 되는 아주 오랜 친구."

"어떻게 그럴 수가 있어요? 아빠가 그렇게 살지도 않았는데."

"그렇지만 친구는 그럴 수 있거든."

"어떻게요?"

"너 익현이 아저씨 알지?"

"예. 종로서적에 있는 아저씨요."

"그 아저씨하고 아빠가 그런 친구야."

"그렇지만 아빠 나이하고 그 아저씨 나이를 합쳐도 백 년이 안 되는데요?"

"아빠하고 그 아저씨는 4대에 걸친 친구거든. 아빠의 증조할아버지와 그 아저씨의 증조할아버지가 친구였고, 아빠 할아버지와 그 아저씨의 할아버지가 친구였고, 또 네 할아버지와 그 친구의 아버지가 친구였고, 그리고 아빠와 그 아저씨가 친구니까."

"우아."

"그런 사이를 어른들은 집안 간에 오랜 세교가 있었다고 말한단다. 오랜 세월을 두고 우정을 쌓고 왕래한 집안이라는 뜻으로."

"그럼 백 년도 더 넘겠어요."

"아마 그럴 거야."

"그 아저씨 아들하고 저하고 친구 하면 5대에 걸친 친구가 되는 거네요."

"이제 아빠도 고향을 떠나 있고, 그 아저씨도 고향을 떠나 있어 그러기가 쉽지는 않지만 이다음 너희들이 또 왕래를 하고 친구를 하면 그렇게 되는 거지. 어릴 때 그 아저씨 집에 아빠도 할아버지를 모시고 자주 놀러갔고, 또 그 아저씨도 할아버지를 모시고 우리 집에 자주 오곤 했지. 할아버지들이 장기를 두다가 그다음엔 우리들이 장기를 두고 할아버지들은 손자들 훈수를 하고. 자라서 그 아저씨가 먼저 군대에 갔는데 그땐 아빠가 그 집에 자주 찾아가서 뵙고, 또 아빠가 군대에 가 있을 땐 아저씨가 우리 집에 자주 찾아오고 그랬단다. 지금도 아빠가 책을 낼 때마다 그 아저씨가 꼭 전화를 하지?"

"예."

"그렇게 오랜 친구는 꼭 가까이 있지 않고 또 자주 보지 않아도 서로 마음속에 있고 세월 속에 있는 거란다."

"아빠. 친구는 꼭 서로 나이나 수준이 맞아야 하는 건 아니죠?"

"어떤 수준 말이냐?"

"공부도 그렇고, 생각하는 것도 그렇고요."

"옛말에 보면 친구는 위로 보고 사귀고, 혼인은 아래를 보고 하라고 했는데, 아빠는 그 말이 잘못되었다고 생각한다. 그 말은 이왕 친구를 사귀더라도 좋은 친구를 사귀라고 한 말이지 꼭 그래야 한다는 건 아닐 거야. 친구를 사귈 때 다 위로 보고 사귀면, 아래에 있는 친구는 자기보다 나은 친구를 사귀고 싶어도 평생 그런 친구를 사귈 수 없는 거지. 자기가 사귀고 싶어하는 그 친구도 자기보다 못한 사람과 친구를 하지 않으려 하면 말이지."

"그럼 어떻게 해요?"

"자기보다 나은 친구, 못한 친구 얘기를 하는 건 친구에게 배울 점을 찾으라는 이야기인 거야. 또 나쁜 친구를 사귀게 되면 함께 나쁜 생각과 나쁜 행동을 하게 되는 것도 사실이고. 더구나 너희처럼 자라날 때는 말이지. 그렇지만 어른이 되면 친구란 내가 외롭거나 어려울 때 서로 믿고 도울 수 있고, 또 당장 어렵거나 외롭지 않더라도 그런 친구가 곁에 있는 것만으로도 위로가 되고 큰 힘이 될 수 있는 친구가 가장 좋은 친구란다. 서로 붙어 다니며 놀기만 좋아하는 친구보다는 이다음 서로 믿고, 서로 돕고, 서로 위로하고, 서로 힘이 될 수 있는 그런 친구를 사귀라는 뜻이야. 너 친구에 대한 옛날 얘기 알지? 아버지의 친구와 아들의 친구 얘기 말이다."

"알아요. 돼지를 잡아서 실수로 사람을 죽였다고 찾아가니까 아들 친구는 자기가 잘못될까 봐 다 내쫓는데 아버지 친구는 다른 사람이 볼까 봐 얼른 집 안에 숨겨주고요."

"바로 그런 친구를 사귀라는 거야."

"아빠는 그런 친구가 있어요?"

"그런 건 자신 있게 말하는 게 아니야."

"왜요?"

"그건 그 말을 들은 친구를 부담스럽게 할 수도 있는 일이니까. 대신 아빠가 자신 있게 그렇게 해줄 친구는 있단다."

"그럼 그 친구도 아빠를 그렇게 해줄 거예요."

"전에 성률이 아빠도 눈 쌓인 이 길로 우리를 할아버지 댁에 데려다 주었잖니?"

"알아요, 설날 눈이 많이 올 때요."

"비행기도 안 뜨고, 아빠도 운전에 자신이 없어 할아버지 댁에도 못 가고 서울에 눌러앉았을 때 성률이 아빠가 대목인데도 하루 종일 자기 택시 영업을 하지 않고 우리를 데려다 주러

왔던 거야. 그리고 서울에서 열네 시간 동안 이 길을 넘어왔다가 다시 쉬지도 않고 열 시간 동안 이 길을 넘어가고. 그때에도 아빠가 영업하는 차 그냥 공치면 어떻게 하느냐고 택시비를 주려고 하니까 성률이 아빠가 뭐랬는 줄 아니?"

"안 받겠다고요."

"그냥 안 받은 게 아니란다. 나는 네가 친구니까 죽음을 무릅쓰고 눈길을 넘어온 건데 너는 왜 그걸 꼭 돈으로만 계산하려고 하느냐고 그랬단다. 그래도 직업이고 영업하는 차가 아니냐니까, 너는 글을 쓸 때마다 영업을 생각하며 글을 쓰냐며 오히려 아빠를 부끄럽게 했단다."

"성률이 아빠도 아빠한텐 참 좋은 친구예요. 그렇죠?"

"아빠는 어디 가서 친구 이야기를 하면 꼭 익현이 아저씨와 성률이 아빠 이야기를 한단다. 아빠가 성률이 아빠에게 해주는 건 아무것도 없는데 성률이 아빠는 아빠가 자기 친구라는 것만으로도 자랑스러워 영업하는 자동차까지 세워두고 달려오지 않니. 아빠가 성률이 아빠에게 해주는 건 아빠 책이 나올 때마다 그것을 한 권씩 주는 것 말고는 아무것도 없는데, 그러면 성률이 아빠는 그 책을 택시 안에 넣어두고 다니고."

"아빠한텐 기한이 아저씨도 그렇잖아요. 우리가 이사를 하면 나중에 와서 손을 다 봐주고요. 전기선도 달아주고 제 책상도 다시 손봐주고. 그러면서도 전에 아빠가 밤중에 기한이 아저씨한테 가준 걸 늘 고마워하고요."

"그때 기한이 아저씨가 함께 집 짓는 일을 하러 다니는 사람들과 이상한 내기를 했거든. 일을 끝내고 술을 마시다가 기한이 아저씨가 내 친구 중에 소설가가 있다고 자랑을 한 거야. 그러니 다른 아저씨들이 우리가 막일을 하러 다니는 사람인데 어떻게 그런 친구가 있을 수 있느냐고 믿지 않고."

"엄마한테 들었어요. 저는 자다가 일어났는데, 밤 열두시가 넘었는데 아빠가 나가시길래 왜 나가시냐니까 기한이 아저씨한테 가신다고."

"그때 기한이 아저씨가 친구들과 술을 마시다가 내기를 한 거야. 그 사람이 정말 친구면 불러내보라고. 그러자 기한이 아저씨는 늦은 밤까지 글 쓰는 친구를 어떻게 아무 일도 없이 불러내느냐고 그러고, 그러니까 저쪽 친구는 거짓말이니까 못 불러낸다고 그러고. 그러다 누군가 기한이 아저씨한테 친구라면 불러낼 수도 있는 것 아니냐고, 그걸로 술값 내기를 하자고 그러고."

"그래서 기한이 아저씨가 전화를 한 거예요?"

"그런 말도 하지 않고 그냥 지금 어느 술집에 있는데 나올 수 있겠느냐고 물었단다. 무슨 일이냐니까 별일은 아닌데 그냥 나왔으면 좋겠다고. 그러면서 지금 뭘 하다가 전화를 받았느냐고 물어서 내일 넘길 바쁜 원고를 쓰고 있다니까 그럼 나오지 말라고 그러고. 그냥 친구들과 술을 마시다가 장난으로 전화를 건 거라면서."

"그래서요?"

"기한이 아저씨가 그냥 장난으로 전화를 걸 사람이 아니니까 거기 어디냐고 물어서 얼른 택시를 타고 나갔던 거지. 가니까 그런 내기를 한 거야. 거기 있는 친구들과."

"그래서 기한이 아저씨가 이긴 거예요?"

"아니, 아빠가 이긴 거지. 그때까지 아빠는 아직 한 번도 기한이 아저씨를 위해 몸으로 무얼 해본 적이 없었거든. 그런데도 기한이 아저씨는 아빠한테 자기는 늘 몸으로만 때우는 친구라 미안하다고 했는데, 그날 아빠가 기한이 아저씨를 위해 몸으로 때워보니 정말 몸으로 때워주는 것만큼 힘든 일도 없고, 또 좋은 친구도 없는 거야."

"저는 어른들도 그런 장난을 하는 게 신기해요."

"장난이긴 하지만 친구란 그런 거야. 무얼 꼭 크게 도와주고 힘든 일을 해주어야만 좋은 친구인 것이 아니라 어떤 일로든 그 사람이 정말 내 친구구나 하는 걸 확인하게 될 때 마음속에 다시 커다란 우정이 쌓이는 거란다. 그리고 그런 우정이 쌓일 때 옛날이야기 속의 아버지 친구 같은 이야기도 나오는 거고."

"알아요, 아빠. 그리고 따뜻하고요."

"친구를 가려 사귀기는 하되 절대 차별해서 사귀면 안 되는 거야. 알았지?"

"저도 이다음 아빠 같은 친구를 많이 사귈 거예요. 제가 그 사람의 친구인 걸 자랑스럽게 여기는 친구들을요."

"그리고 그런 친구들을 네가 자랑할 수 있어야 하고."

아직도 우리가 가야 할 먼 길에 대하여

"이제 별이 완전히 떴지?"

"예. 바람도 더 시원해졌고요."

"밤길을 걸을 땐 별이 바로 우리 친구란다."

"좋아요, 그 말. 별이 우리 친구란 말이."

"하나하나 눈에 담고, 가슴에 담아 봐. 그건 오래 기억하겠다는 별과의 약속이니까."

"할아버지들도 이 길을 걸으며 저 별을 봤겠죠?"

"그럼. 별은 늘 그 자리에서 우리를 지켜봐왔으니까. 이다음 네가 나이를 먹어도."

"어, 그런데 이 길은 대관령에서 할아버지 댁으로 들어가는 길 아니에요?"

"그래. 대관령 길은 저 아래에서 끝나지만 이제 우리가 내려와야 할 굽이는 다 내려온 거야. 여기서부터는 다시 이쪽 산길을 걸어 넘으면 되고."

"아빠."

"응."

"저는 오늘 이 길이 참 좋았어요. 저 꼭대기에서부터 제가 아빠하고 걸어왔다는 게……."

"아빠도 그렇다. 네가 아빠하고 함께 걸을 수 있을 만큼 큰 것도 대견하고."

"이제 제가 힘들 때 이 길을 생각할 거예요."

"아빠도 그랬어. 아빠가 힘들 때."

"할아버지도 생각할 거고, 증조할아버지, 그리고 그 할아버지의 할아버지도 생각할 거고요. 전 그분들의 후손이니까."

"여기 우리가 걷는 길옆의 나무들과 풀과 돌과 냇물과 그 밖에 우리가 보고 온 모든 것들. 그리고 어두운 하늘에서 우리를 내려다본 별들까지도. 하지만 우리가 가야 할 길은 아직 먼 거야. 앞으로 네가 살면서 걸어야 할 길도 그렇고."

"알아요, 아빠. 무슨 말인지."

"산꼭대기에서 보았을 때보다 네가 더 큰 것 같은 생각도 들고."

"저도 그래요."

"그게 이 길이 우리에게 가르쳐주는 것들이야. 오늘 네가 아빠한테도 많은 걸 가르쳐주었지. 할아버지와 아빠 사이에 대해서도. 그게 아빠와 너희들 사이와 같은 건데."

"사랑해요. 아빠."

"그래. 아빠도 널 사랑한다."

"손잡아요, 아빠."

"그래."

"할아버지 댁에 다 갈 때까지요."

"그래."

"또 말해도 되죠?"

"무얼?"

"이제 아빠도 할아버지 댁에 빨리 가고 싶어졌는가 하고요?"

"그래."

"할아버지도 지금 아빠를 많이 기다리실 거예요. 아빠가 우리가 늦게 들어오면 그렇게 기다리는 것처럼요."

"안다. 이제 네가 말하지 않아도. 이제 이 길은 더 어두울 거야. 자동차가 다니지 않으니까."

"아빠 손을 잡으면 괜찮아요."

어둠 속에 빛나는 노란 손수건

그렇게 대관령 길을 다 내려와 집으로 들어가는 샛길의 작은 고개를 넘어설 때였다. 아이는 아까부터 바짝 옆에 붙어 서서 내 손을 꼭 잡았다. 아빠하고 함께 걷기는 하지만 조금씩 무서운 생각도 들었을 것이다. 아이의 숨소리가 조금씩 커지고 있었다.

그때 그 길 저쪽에서 아이의 이름을 부르는 소리가 들렸다.

"상우냐?"

"……."

"거기 오는 게 상우 아니냐?"

아버지의 목소리였다.

"아빠, 할아버지예요."

아이가 내 손에 더 힘을 주며 작은 소리로 말했다.

"그래. 할아버지다."

내가 작은 소리로 아이에게 말할 때 다시 아버지가 아이를 불렀다.

"거기 오는 게 우리 상우가 맞나 아니나?"

"할아버지. 저예요. 상우요."

"우리 상우가 맞아?"

"예. 할아버지."

아이가 내 손을 풀고 할아버지에게로 뛰어갔다. 그때 나는 아이가 뛰어가는 어둠 저편에 이 세상에서 가장 큰 노란 손수건이 나를 향해 나부끼는 것을 보았다. 아마 아버지는 다른 식구들에게 어딜 간다 말도 없이 자동차도 타지 않고 그곳까지 우리를 마중 나오셨을 것이다.

어쩌면 대관령 꼭대기에서부터, 아니 길을 떠나기 전부터 아이는 그것을 알고 있었던 것인지 모른다. 그래서 그 손수건 이야기를 내게 했던 것인지도.

이제까지 내가 걸어온 삶의 길 큰 고비마다 아버지는 언제나 이 세상에서 가장 큰 손수건을 들고 아들 마중을 나오셨다. 어린 나이에 학교를 그만두고 대관령을 넘어갔을 때에도 아버지는 그렇게 오랜 시간을 두고 나를 기다리셨다. 대학 때 교

련 거부로 어느 날 갑자기 군에 끌려가 남보다 긴 군대 생활을 하게 되었을 때에도 아버지는 말없이 그것을 기다리셨다. 그러다 남보다 대학 졸업이 한 해 반이나 늦어졌을 때에도, 늦은 졸업 후 이제 보다 본격적으로 글을 쓰는 일에 내 삶의 모든 것을 걸어야겠다고 결심했을 때에도 아버지는 그런 아들의 책상을 짜줄 물푸레나무들을 준비하며 또 오랜 시간 그날을 기다리셨다.

그러면서 그 기다림으로 내가 살아온 삶의 가장 큰 길이 되어주셨다.

나는 그 자리에 멈춰 서서 아이가 뛰어가는 어둠 저편에 이제는 오랜 세월 속의 기다림으로 등이 굽고 작아진, 그러나 그 세월의 무게로 우뚝한 아버지의 모습을 바라보았다.

이제 내가 그 길을 가고, 언젠가 아이도 그 길을 갈 것이다.

아버지…….

작가의 말

이 소설은 우리 집의 큰 아이가 초등학교 5학년일 때 그 아이와 함께 대관령 고갯길을 걸어 넘으며 나눈 이야기를 바탕으로 하여 쓴 것입니다. 그때 아직 어린 아들과 함께 나눈 이야기가 우리 집만의 이야기가 아니라 우리나라의 모든 가정, 그리고 모든 부모와 자녀의 관계가 이러하지 않을까 싶어 그 이야기를 다시 한편의 소설로 쓴 것입니다.

지금은 '강원도 바우길'로 불리는 그 길은 신사임당이 어린 율곡의 손을 잡고 서울로 오가며 걸은 길이고, 송강 정철이 관동별곡을 짓고, 단원 김홍도가 산과 바다가 함께 어우러진 경치에 반해 대관령 그림을 그린, 그리고 우리 조상님들의 발길이 쌓이고 쌓인 아주 오래된 길입니다.

그런 유서 깊은 길을 걸으면서 한 사람의 아버지로서 아이에게 아버지인 나의 이야기와 또 아버지의 아버지인 할아버지의 이야기를 우리가 걷는 길의 역사처럼 들려주고 싶었습니다. 우리가 걷는 오래된 길 이야기도 하고, 아이가 태어난 대관령 너머의 오래된 집과, 우리 삶의 거울처럼 훌륭했던 집안 선조들의 이야기를 하며 그 아이가 서 있는 자리가 어딘지 스스로 깨닫게 하고 싶었습니다.

아직 어린 나이의 아들이긴 하지만 그 아이가 태어나 우리가 함께 살아오면서 겪고 기억하는 크고 작은 이야기들을 나누고, 또 거기의 어떤 문제에 대해 토론을 벌이기도 하며 한정없이 먼 길을 걸었습니다.

아버지인 나는 내가 어린 시절부터 자라오면서 그 길 위에 잃어버린 것과 얻은 것, 또 자식들을 키우면서 느끼는 안타까운 마음과 바람을 털어놓고 또 아들은 그동안 집에서 아버지에게 하고 싶었지만 하지 못했던 말들과 궁금했던 이야기를 하면서 대관령 아래 할아버지 집까지 걸어 내려갔습니다.

이렇게 함께 길을 걸으며, 또 그동안 하지 못했던 많은 이야기를 나누면서 우리는 서로를 더 잘 이해하게 되었습니다. 또 하루 동안의 대화지만 산 아래까지 걸어 내려왔을 때 아이가 하루 만에 부쩍 성장한 느낌을 그 대화 속에 느낄 수 있었습니다.

부디 바라거니 이 세상 모든 가정 속에서 아버지와 자녀간의 사랑과 존경이 강물처럼 흐를 수 있다면 얼마나 좋을까요. 자식에 대한 아버지의 고뇌와 사랑을 이 세상의 모든 아들과 딸들이 느끼고, 또 아버지에 대한 아들과 딸들의 아름답고 갸륵한 마음을 이 세상의 모든 아버지가 느낄 수 있다면 얼마나 좋을까요.

대관령 고갯길에 노을처럼 아름답게 번져오는 이야기를 여러분과 함께 하고 싶었습니다. 이것은 이제 나와 우리 아들의 이야기가 아니라 이 책을 읽으시는 여러분의 이야기입니다. 부디 책 속에서라도 자녀들과 함께, 또 아버지와 함께 걸으시길 바랍니다.

2016년 새봄

이순원

아들과 함께 걷는 길

2011년 3월 10일 1판 1쇄 펴냄
2015년 5월 29일 1판 18쇄 펴냄
2023년 3월 30일 개정판 6쇄 펴냄

지은이 이순원
그린이 LIMCHYA
펴낸이 윤한룡
편집 신한선
디자인 윤려하
관리 이소연
펴낸곳 (주)실천문학
등록 10-1221호(1995.10.26)
주소 남양주시 퇴계원읍 퇴계원로 52 405호 (다모아빌딩)
전화 322-2161~3
팩스 322-2166
홈페이지 www.silcheon.com

ISBN 978-89-392-0749-3 03810

이 책은 『아들과 함께 걷는 길』의 개정판 입니다.

이 도서의 국립중앙도서관 출판시도서목록(CIP)은 e-CIP홈페이지(http://www.nl.go.kr/ecip)와
국가자료공동목록시스템(http://www.nl.go.kr/kolisnet)에서 이용하실 수 있습니다.
(CIP제어번호: CIP2016006449)